Le Dôme

Un nouveau monde
(Tome 2)

Gilles Fontaine

Magnard
Jeunesse

Pour Thomas Lacq...

COMMENTRAY, DANS LE CENTRE DE LA FRANCE.

Un matin, Lisa se réveille dans une ville vidée de ses habitants. Ses parents, son frère François, Manu, sa meilleure amie, ont disparu.

De longues semaines, la jeune fille doit lutter seule contre la faim, le froid, les animaux qui lui disputent le contrôle des rues.

Mais d'autres enfants ont survécu à la Disparition : Élias, l'orphelin du Souterrain, un atelier clandestin, et Pierre, que Lisa délivre des griffes du Seigneur, un adolescent qui veut imposer sa loi à ce pays sans adultes.

Ensemble, ils retrouvent Manu et la bande d'enfants qu'elle a prise sous sa protection. Mais le Seigneur et ses soldats, les Faucheux, donnent l'assaut à l'école où tous se sont retranchés ; assaillants et assiégés disparaissent dans l'incendie allumé par un mystérieux inconnu.

Seuls Lisa, Élias et Pierre parviennent à s'enfuir. Ils décident de quitter Commentray et partent à la découverte d'un nouveau monde.

1

« ÉLIAS ! PIERRE ! VITE, VENEZ VOIR ! »

Ils bondirent sur leurs pieds, quittant l'ombre du pommier sous lequel ils s'étaient étendus. La halte avait été de courte durée.

« Lisa ? Où es-tu ?

– Par ici ! Derrière la haie ! »

Élias, plus grand et plus rapide, la rejoignit le premier, au grand désappointement de Pierre. La jeune fille désignait une grande bâtisse en contrebas du col qu'ils venaient de franchir.

« Et alors ? demanda Élias avec le ton laconique qui le caractérisait. Quel est le problème ? »

Ce n'était pas la première ferme abandonnée qu'ils découvraient depuis qu'ils avaient déserté Commentray.

« Passe-moi les jumelles, ordonna-t-elle à Pierre.

– Je vais regarder moi-même », répondit le garçon, peu disposé à recevoir des ordres.

Après tout, la campagne, c'était son élément, l'endroit où il avait toujours vécu jusqu'à la Disparition.

« Derrière le hangar de gauche... expliqua Lisa. Des ombres... Au moins cinq. »

Pierre ajusta les jumelles.

« Je les vois... Des sortes de sangliers géants ! Heureusement que tu les as repérés, sinon on se dirigeait droit sur eux ! Attendez ! Il y en a un qui nous fait coucou !

– Qu'est-ce que tu racontes ? fit Lisa avant de découvrir le large sourire qui illuminait le visage du garçon. Espèce d'idiot ! Alors, c'est quoi ? reprit-elle en lui arrachant les jumelles des mains.

– Des chevaux, bien sûr, pas besoin d'un télescope pour s'en rendre compte ! intervint Élias. Bon, s'il n'y a pas moyen de se reposer un peu, je propose qu'on reprenne les bécanes, et en route ! J'aimerais bien qu'on trouve un endroit correct pour dormir cette nuit ! »

Il se dirigea vers les vélos abandonnés au milieu de la route.

« Un endroit correct ! Écoutez-moi ce citadin ! rigola Pierre.

– Toi, le roi de la cabane dans les arbres, tu ne devrais pas trop la ramener ! Ce n'est pas moi qui ai dégringolé la nuit dernière ! rétorqua Élias.

– Une minute ! cria Lisa, qui observait toujours la ferme. Je vois quelque chose d'anormal ! »

Les deux garçons rebroussèrent chemin.

« Il y a de l'eau partout. On dirait qu'elle monte ! »

Il leur fallut quelques secondes pour comprendre ce qu'il se passait. La ferme était construite au bord d'une rivière ; pour une raison inconnue, l'eau avait quitté son lit et inondait la maison, les dépendances, la cour et les prés avoisinants. Les chevaux, pris au piège des barbelés qui entouraient leur enclos, couraient d'un côté à l'autre de leur prison, cherchant en vain une issue.

« Ils avaient de l'herbe, c'est comme ça qu'ils ont survécu, remarqua Pierre.

– Observateur ! siffla Élias entre ses dents.

– Allez, on y va », s'écria Lisa pour couper court à l'échange d'amabilités.

Il leur fallut moins de cinq minutes pour atteindre la ferme. La route, construite en hauteur par rapport aux bâtiments, n'avait pas encore été submergée.

« Continue, Lisa ! cria Élias. Essaie de voir d'où vient toute cette flotte ! »

La jeune fille ne perdit pas de temps à discuter. Elle appuya de toutes ses forces sur les pédales et s'élança vers le virage suivant, remontant le cours de la rivière.

« À nous, maintenant ! » fit Élias.

Pierre acquiesça d'un signe de tête. Le moment n'était plus aux provocations ni aux moqueries.

Ils se débarrassèrent de leurs chaussures et entrèrent dans l'eau glacée.

« Par là ! » cria Pierre en désignant la porte de la maison.

L'eau ne cessait de monter ; à chaque pas, il leur fallait lutter un peu plus contre le courant et prendre garde aux branches d'arbre charriées par la rivière en crue. Progressant lentement, ils atteignirent la maison. À grand-peine, Élias parvint à ouvrir la porte. À l'intérieur, le niveau de l'eau était moins haut, mais suffisant pour que tables et chaises flottent comme des bateaux détachés de leurs amarres.

Pierre ouvrit une fenêtre ; il aperçut Lisa de l'autre côté de la petite mer qu'Élias et lui venaient de traverser.

« Alors ? T'as trouvé quelque chose ?

– C'est un barrage, cria la jeune fille à toutes forces pour couvrir le mugissement de l'eau bouillonnante. À une centaine de mètres.

– Un barrage ?

– Il est en train de lâcher. Des fuites, partout ! Ça coule de plus en plus fort. Il risque de céder d'un coup. »

Élias avait entendu. D'un regard, il interrogea Pierre.

« On ne laisse pas les chevaux », répondit simplement le garçon.

Ils traversèrent la maison. La porte de derrière devait donner près de l'enclos. L'eau s'engouffra quand ils voulurent sortirent, les ramenant vers l'intérieur.

« Suis les murs ! cria Élias. Évite de donner une prise au courant. »

Il leur fallut plusieurs minutes pour s'extraire du piège de la maison. Quand ils débouchèrent dans la cour de la ferme, l'eau atteignait leurs cuisses, ralentissant encore leur avance. Ils savaient que la moindre chute serait dangereuse : ils seraient emportés sur plusieurs dizaines de mètres.

« On reste ensemble, hurla Pierre, tendant la main à son ami. On résistera mieux. »

Enfin, ils atteignirent l'enclos et se hissèrent sur les barrières, s'arrachant à l'eau boueuse qui les aspirait.

Les chevaux étaient engloutis jusqu'au poitrail ; hennissant de terreur, ils se dirigèrent vers les nouveaux venus, espérant leur aide.

Élias regarda le chemin qu'ils venaient de parcourir : jamais ils n'arriveraient à regagner la terre ferme. Là-bas, Lisa avait dû reculer pour ne pas être prise par l'eau.

Les deux garçons échangèrent un regard. Pierre hocha la tête en signe d'assentiment. Élias plongea le bras, à la recherche du loquet qui déverrouillait la barrière de l'enclos.

« Trop profond ! » finit-il par dire.

Sans ajouter un mot, il se jeta dans l'eau sale en se retenant d'une main à la barrière. Pendant quelques secondes, Pierre le perdit complètement de vue. Enfin, il émergea puis grimpa se réfugier à nouveau près de son ami.

« C'est bon ! Pousse ! »

En s'arc-boutant, ils parvinrent à entrouvrir la barrière malgré la pression du courant. Les chevaux se précipitèrent, pesant de tout leur poids pour la repousser complètement. Un, deux, puis trois animaux s'engouffrèrent. C'était maintenant ou jamais. D'un bond, Pierre sauta sur le dos du quatrième cheval au moment où il sortait de l'enclos. Derrière lui, Élias fit de même avec la dernière monture.

Les chevaux étaient tendus vers un seul but : regagner la berge. Sans se soucier de leurs cavaliers, ils se laissèrent dériver, cherchant le moyen de reprendre pied.

Ils trouvèrent une solution quelques secondes plus tard. La rivière en crue faisait un coude : les chevaux se laissèrent porter droit devant eux et finirent par atteindre la terre ferme.

Élias et Pierre sautèrent aussitôt à terre, craignant que leurs montures ne les tolèrent pas plus longtemps, et coururent vers Lisa. La jeune fille sprinta en direction du barrage, leur faisant signe de la suivre.

Quand les garçons la rejoignirent, ils découvrirent le fronton, haut de plus de dix mètres, dressé entre les parois de la gorge de la rivière. Des milliers de jets perforaient déjà le béton zébré de fissures. Quelques secondes plus tard, un grondement de tonnerre annonça la victoire définitive de l'eau : le barrage lâcha d'un coup, déversant des millions de litres dans la rivière. Ils coururent à la ferme, juste à temps pour voir les bâtiments arrachés à leurs fondations et emportés au loin par un véritable fleuve en furie.

Les trois ados s'assirent sur la route, essayant de reprendre leur souffle. Ils aperçurent la petite troupe de chevaux, réfugiés sur une hauteur, qui broutaient imperturbablement.

« Les vélos ? finit par demander Élias.

– À l'abri, répondit Lisa.

– Génial, ce pays ! s'exclama Pierre. Si on s'installait ici ? »

Élias et Lisa avaient pris la boutade de Pierre au sérieux. La vallée semblait accueillante et l'eau, visiblement, était disponible en abondance !

Ils déployèrent la carte sur l'herbe ; Pierre montra du doigt l'itinéraire qu'ils avaient suivi. En trois jours, ils avaient parcouru environ soixante kilomètres. Longtemps, ils avaient roulé en silence, ressassant les événements qui avaient causé leur départ.

Tous les adultes semblaient avoir disparu de la surface de la Terre, et avec eux une bonne partie des enfants. Et, au lieu de s'entendre pour s'organiser, les survivants s'étaient rangés en bandes rivales, luttant chacune pour le contrôle de ce nouveau monde.

Lancés à la poursuite de Pierre, le Seigneur et son armée de Faucheux avaient envahi Commentray. Manu, l'amie de Lisa, retranchée dans l'école avec les enfants qu'elle avait recueillis, avait refusé de fuir. Ils avaient tous péri dans l'incendie.

Kilomètre après kilomètre, les trois amis avaient traversé la campagne, découvrant un spectacle qui n'avait rien à envier à Commentray. Les récoltes avaient pourri sur pied, recouvrant les champs d'un fumier noirâtre à l'odeur nauséabonde. De loin en loin, des moissonneuses-batteuses et d'autres machines agricoles rouillaient, comme des monstres mécaniques paralysés. Les sous-bois, autrefois soigneusement entretenus, étaient envahis par les ronces et transformés en maquis impénétrables.

À plusieurs reprises, ils avaient découvert des petits hameaux de trois ou quatre maisons, ou des fermes isolées que l'on gagnait par un chemin de terre. Portes et fenêtres portaient la trace de l'obstination des animaux à pénétrer à l'intérieur : le bois était griffé, mordu, enfoncé, et les vitres brisées. Le plus souvent, ils étaient arrivés à leurs fins : les pièces étaient ravagées, les armoires éventrées et la vaisselle pulvérisée.

Heureusement, les ados avaient trouvé à deux reprises des caves qui avaient échappé au carnage. Ils y avaient puisé des conserves artisanales pour renouveler leur maigre stock de nourriture.

Pas d'autre solution que de continuer à avancer.

« C'est quoi, ça ? » demanda Élias en pointant un cercle vert sur la carte.

Lisa consulta la légende.

« Un haras. Le Château du Val, ajouta-t-elle en déchiffrant l'inscription.

– Un haras… ? »

Lisa réprima le sourire qui lui venait aux lèvres. Après tout, Élias avait vécu la majeure partie de sa vie dans un souterrain – le Sout', comme il l'appelait –, prisonnier d'un atelier de travail clandestin qui exploitait les orphelins. Il devait la liberté à la Disparition, qui avait fait se volatiliser ses gardiens.

« Tu ne sais pas ce que c'est ? Un haras, c'est un élevage de chevaux ! » s'écria Pierre.

Il n'avait pas la délicatesse de Lisa. Il voulait saisir chaque occasion de marquer un point, et Élias n'était pas en reste.

« On va voir ? » proposa la jeune fille pour faire diversion.

Le haras n'était pas à plus de cinq kilomètres. Sauf nouvel incident, il leur faudrait moins d'une heure pour y parvenir.

Ce fut la cadence régulière des sabots sur le goudron qui attira leur attention. Les cinq chevaux sauvés des eaux les suivaient à une cinquantaine de mètres, trottant en troupeau.

« À croire qu'ils ont deviné où nous allons ! » s'exclama Pierre.

La procession continua son chemin jusqu'au Château du Val. L'allée qui menait au haras était barrée par une haute grille aux barreaux blancs. Abandonnant leurs vélos, les trois amis durent escalader le mur en s'aidant des branches basses des arbres plantés de chaque côté de l'enceinte.

L'obstacle franchi, ils revinrent sur l'allée obstruée par les arbres tombés en travers du chemin, faute d'avoir été élagués. Enjambant les troncs, se glissant entre les amas de branchages, ils finirent par déboucher dans une grande cour pavée, délimitée sur trois côtés par des bâtiments : une grande écurie d'une vingtaine de boxes au moins ; une grange où devaient être stockés la nourriture et le matériel agricole ; et, enfin, la maison des propriétaires, une grande bâtisse de deux étages aux murs blancs et aux toits couverts d'ardoise.

« Qu'est-ce que vous en pensez ? s'exclama Pierre.

– Plutôt pas mal, opina Lisa. Mais il faut quand même qu'on fasse le tour du propriétaire avant de se décider. OK, Élias ? ajouta-t-elle.

– Je prends la maison et toi, Lisa, tu inspectes les dépendances. Pierre, tu vérifies les alentours.

– Pourquoi... ? commença le garçon aux cheveux roux.

– Pierre ! » l'interrompit Lisa.

Il baissa la tête, dissimulant ses yeux verts et ses tâches de rousseur.

« Ça roule ! Rendez-vous dans une demi-heure. »

Ils furent ponctuels.

« Rien de passionnant dans la grange, à part un tracteur qui a démarré au quart de tour quand j'ai tourné la clé, commença Élias. Et les boxes sont vides, ajouta-t-il.

– Logique, enchaîna Pierre. Les chevaux sont au pré... y compris deux poulains qui tiennent à peine sur leurs pattes.

– Où ça ? Montre ! cria Lisa.

– Attends, attends ! On a tout notre temps. Et la maison ?

– Des chambres à ne plus savoir qu'en faire, des cheminées partout pour l'hiver, un puits près de l'entrée de la cuisine... On aura du mal à trouver mieux !

– On n'est pas trop loin de la prochaine ville ? » demanda Élias.

Lisa consulta une nouvelle fois la carte.

« Il n'y a pas plus de cinq kilomètres jusqu'à Saint-Martin... Et je vois mal pourquoi nous aurions envie de retourner en ville !

– Va savoir...

– Adopté, donc ? On s'installe ici ! Pierre, tu as trente secondes pour me montrer tes fameux poulains ! »

2

LES DÉMONS AVAIENT SAUVÉ LES CHEVAUX. C'était courageux de leur part, mais ça ne changerait rien.

Il les avait épiés quand ils étaient partis de Commentray. Ils s'enfuyaient encore.

La première fois, il avait fermé la porte, mais les démons étaient sortis des souterrains.

La deuxième fois, il avait mis le feu à l'école, mais les démons avaient échappé aux flammes.

Il avait longtemps hésité. Que voulaient les voix dans sa tête ? Qu'il reste pour surveiller la ville ou qu'il les suive pour les exterminer ?

Il suppliait les voix de lui donner des instructions. Son esprit était si confus qu'il n'arrivait plus à penser tout seul.

Il avait peur de s'aventurer hors de son territoire, mais seule importait la Mission. Alors, il quitta son abri sur le toit et commença à courir sur la route.

Pendant trois jours, il les avait suivis, perdant du terrain quand ils roulaient, les rattrapant quand ils s'arrêtaient pour se reposer. Lui pouvait courir des heures sans trêve. Il sentait la force dans sa poitrine, comme un moteur qui le faisait avancer.

De temps en temps, il se laissait tomber dans un fossé et dormait à même le sol, quelques minutes ou quelques heures, jusqu'à ce que les voix dans sa tête lui ordonnent de repartir.

Il aurait tellement voulu se souvenir d'avant. Avant le jour où il s'était réveillé dans cette ville déserte. Habillé de loques et pieds nus. Affamé.

Les premiers jours, il avait cru qu'il était seul, puis il avait aperçu les démons. Les voix lui avaient expliqué : tout était de leur faute. Ils avaient enlevé les habitants de la ville. Ils voulaient le détruire.

Il savait qu'il devait obéir aux voix. Mais si seulement il pouvait se souvenir d'avant !

Il avait recommencé à les suivre quand ils étaient sortis de la rivière, les chevaux derrière eux. Est-ce qu'ils commandaient aux animaux ? Est-ce qu'ils parlaient leur langue ?

Maintenant, ils étaient dans cette maison. Leur repaire. Peut-être y retrouveraient-ils d'autres démons ?

Il allait lui falloir être très prudent, s'il voulait les détruire. Les voix le guideraient.

Ils n'avaient pas tardé à trouver leurs marques dans leur nouvelle demeure. Un abri, du ravitaillement, le minimum vital était assuré.

Pierre passait le plus clair de son temps dehors, à soigner les chevaux. Quant à Lisa et Élias, ils bricolaient à l'intérieur, s'efforçant de retaper portes et fenêtres en prévision de l'hiver.

Un matin, un cri de leur ami les attira dehors.

« Colonne de fumée en vue ! »

Pierre dégringola de l'arbre.

« Je n'ai pas rêvé ! Je reconnaîtrais l'odeur du bois qui brûle à deux kilomètres.

– Aucune chance que ce soit une usine ?

– En tout cas, ça ne sent pas pareil, et la fumée est blanche, pas noire. »

Lisa s'en voulut d'avoir espéré l'impossible. Bien sûr que ça n'était pas une usine. Il n'y avait même plus une seule machine en marche, nulle part.

« Départ de feu ? demanda-t-elle encore.

– M'étonnerait. Il a plu il y a deux jours. Tout est humide. Et, en théorie, à part la foudre, je ne vois pas ce qui allumerait spontanément un feu.

– Alors ?

– Alors, un feu de bois pour se réchauffer ou pour faire cuire le déjeuner… J'ai faim, moi, d'ailleurs », ajouta-t-il sans transition.

La jeune fille se précipita vers la maison.

« Élias ! Élias ! Pierre a repéré un feu ! »

Le garçon fit irruption de la petite bibliothèque qu'ils avaient découverte au rez-de-chaussée de la maison. Il y passait le plus clair de son temps depuis qu'ils s'étaient installés au haras, une semaine plus tôt.

« Encore à bouquiner ! On peut dire que tu rattrapes le temps perdu ! »

Les livres étaient une denrée rare dans le Souterrain.

Les orphelins héritaient parfois d'une vieille bande dessinée ou d'un magazine abandonné par les gardiens. Pendant quelques mois, ils avaient profité d'une revue consacrée aux chemins de fer. Les enfants ne sortaient jamais de l'Atelier, mais ils étaient devenus incollables sur les différents modèles de locomotive !

« Dieux et déesses de la nature, fit Élias en brandissant un gros livre.

– Et alors ? répondit Lisa.

– Là-dedans, ils disent que le monde est meilleur quand l'homme n'est pas là. Ils disent que c'est lui qui a introduit le malheur sur Terre ! »

Lisa hésita. Elle savait qu'Élias vouait au genre humain, responsable de son enfermement dans le Sout', une haine presque générale. Lisa, comme Guillaume et Betty, ses anciens compagnons de captivité morts dans l'école avec Manu, n'étaient que des exceptions à la conviction qu'il s'était forgée : la Disparition était une bénédiction, et seul le retour à la nature ramènerait l'harmonie sur la planète.

Et il était prêt à hâter le mouvement, songea Lisa. Comment oublier l'incendie qui avait détruit une bonne partie de Commentray ? Bien après, elle avait compris qu'il l'avait lui-même allumé, pour éviter tout retour en arrière, empêcher la reconstruction de la ville au cas où les adultes reviendraient.

Elle décida de le brusquer un peu.

« L'homme est peut-être méchant, mais nous on est là, et je n'ai pas l'intention de disparaître. »

Elle reprit plus doucement.

« Pierre a repéré un feu. Viens voir. »

Élias observa Lisa. Elle avait noué ses interminables cheveux bruns en queue de cheval. Ses yeux pâles, bleus et gris d'ordinaire, tendaient ce jour-là vers le vert. Il n'aimait pas les humains, mais Lisa... Pourquoi est-ce qu'il avait envie de frapper dès qu'elle souriait à Pierre ?

« Trois kilomètres, plus ou moins, annonça ce dernier quand ils le rejoignirent dans la cour. Deux solutions : on y va tous ou on se sépare. Qu'est-ce que vous en dites ? »

Élias s'apprêtait à répondre qu'il ne voyait pas l'intérêt de repartir alors qu'ils venaient à peine de s'installer. Mais il ne voulait pas donner l'impression de traîner les pieds.

« J'y vais. Seul. Mieux vaut ne pas laisser la maison sans surveillance. »

Les deux autres le regardèrent avec surprise. Surveiller quoi ?

Élias s'élançait déjà dans les bois, droit vers la fumée blanche.

« Et ton vélo ? cria Lisa.

– Je préfère couper ! Plus discret. »

Ils le regardèrent s'éloigner. La nuit allait tomber ; il faudrait qu'il ne tarde pas trop en route.

Élias progressait rapidement, animé par une rage sourde. Quel crétin il avait été de les laisser tous les deux ! Il fendait les buissons, ignorant les ronces, sans rechercher les passages plus dégagés. Deux fois, il lui fallut grimper au sommet d'un arbre pour vérifier qu'il marchait dans la bonne direction. La colonne de fumée était toujours là.

Il distingua les premières voix trois quarts d'heure après avoir quitté le haras. Il ralentit son rythme, s'efforçant à présent de cheminer en silence, le corps cassé en deux, prenant garde à ne pas piétiner les branches à terre.

Encore deux cents mètres, et il aperçut les flammes à travers le feuillage des arbres. Plusieurs silhouettes étaient rassemblées autour d'un feu. Pas question de prendre contact avant d'en savoir plus.

Vingt pas en avant, il remarqua un chêne qui ferait un observatoire parfait. Il était souple et agile : l'escalade ne lui posa aucun problème, et il se retrouva vite à dix mètres au-dessus du sol.

Le jour déclinait, mais ce qu'il restait de lumière permettait à Élias de distinguer parfaitement l'étrange campement installé au centre d'une grande clairière.

Une dizaine de grandes tentes kaki avaient été dressées en cercle. À vue de nez, Élias estima qu'au moins cinquante enfants pouvaient y loger. Le camp était en pleine effervescence : plusieurs garçons et filles s'activaient autour du brasier, apportant poêles et casseroles pour préparer le dîner de la troupe. D'autres allaient et venaient, chargés de seaux d'eau ou de bûches destinées à alimenter le feu.

À quelques mètres, trois adolescents à peine plus âgés consultaient une carte dépliée sur une caisse retournée. À en juger par l'attitude des deux autres, l'un d'eux était à l'évidence le chef.

En découvrant les engins garés sur un côté de la clairière, à proximité d'un chemin de terre qui devait ramener à la route, Élias comprit qu'il avait affaire à une bande de routards : un assortiment hétéroclite de vélomoteurs, de petites motos et de scooters était placé sous la garde de deux enfants armés de solides gourdins de bois.

« On trouve donc encore de l'essence… » s'étonna Élias.

Des remorques étaient attelées à certains deux-roues.

« Et le carburant est là… »

Il venait d'apercevoir les bidons métalliques. Les motards ne pouvaient pas prendre le risque de dépendre d'un point de ravitaillement. Ils devaient emporter un stock avec eux.

À l'exception des gardiens des motos, tous les enfants commencèrent à affluer vers le centre de la clairière. Le repas était prêt.

Élias hésita un instant sur la conduite à tenir. Sans qu'il y prenne garde, l'obscurité était maintenant presque totale. Il pourrait revenir sur ses pas sans courir le risque d'être repéré, mais, d'un autre côté, le retour serait long et pénible. Pourquoi n'avait-il pas pensé à prendre une lampe de poche ?

Il décida de continuer à observer la troupe. Il pouvait au moins essayer de comprendre dans quelle direction les nouveaux venus comptaient repartir, pour se préparer à évacuer le haras si nécessaire. Rien ne disait que ces motards ouvriraient les hostilités, mais Lisa et Pierre seraient certainement d'accord avec lui pour ne prendre aucun risque.

Maintenant que presque tous les enfants étaient réunis autour du feu, Élias remarquait des points communs dans leurs tenues. La plupart portaient des pantalons larges et des chemises ouvertes sur des tee-shirts. Genouillères et coudières enfilées par-dessus les vêtements évoquaient irrésistiblement des passionnés de skate. Certains portaient le mot BIKERS inscrit en grandes lettres dans le dos.

L'adolescent à la carte, celui qu'Élias avait identifié comme le leader du groupe, se leva et s'avança au milieu du cercle.

Élias ne pouvait pas entendre ce qu'il disait. Est-ce qu'il avait pris une décision pour leur prochaine étape ?

Le discours du chef fut interrompu ; l'un des gardiens des motos s'approcha en courant et leva la main dans la direction d'Élias.

Sur un ordre bref du leader, les enfants se levèrent d'un bond et commencèrent à courir vers le bois. Élias, abasourdi, réagit trop tard. Déjà, les premiers ennemis atteignaient le pied du chêne. Un regard circulaire lui apprit qu'aucun autre arbre n'était assez proche pour qu'il puisse y sauter, sauf à risquer de se rompre le cou dix mètres plus bas.

Certain que la proie était cernée, le leader avait pris tout son temps pour rejoindre ses compagnons. D'un geste, il arrêta ceux qui déjà commençaient à escalader les branches basses, puis fit signe à une fille d'approcher. Élias ne lui donnait pas plus de dix ans. Elle aussi était habillée comme un skater, et ses cheveux blonds étaient tenus par un bandeau qui lui ceignait le front.

Le silence se fit soudain. Tous observaient la fille qui choisissait soigneusement une place sous l'arbre. Elle se baissa, ramassa une pierre et sortit une fronde qu'elle commença à faire tournoyer, de plus en plus vite. La panique envahit Élias ; aucune branche n'était assez épaisse pour le protéger.

Il chercha désespérément une solution autour de lui. Aucun secours à attendre de nulle part. Dans la clairière désertée, les motos semblaient hors d'atteinte et les deux gardes n'avaient pas abandonné leur poste.

À quelques mètres des engins, dans le recoin d'une tente, son regard s'arrêta sur une ombre qu'il n'avait pas remarquée auparavant.

Impossible. Inimaginable. Après ce qu'ils avaient vécu, il s'attendait à tout sauf à ça !

La pierre le frappa en pleine tempe. À demi-évanoui, il bascula dans le vide, ricochant de branche en branche, sa chute ralentie par le feuillage. Le sol jaillit vers lui et il sombra dans l'inconscience.

3

« On se donne encore une heure et...

– On ne se donne rien du tout ! On y va maintenant ! » s'exclama Lisa en bondissant du canapé où elle avait somnolé une partie de la nuit.

Le soleil était levé depuis quelques minutes, mais Élias n'était toujours pas revenu.

Pierre hésita :

« Lisa... On dirait que tu ne penses qu'à lui...

– Et toi, ça ne t'inquiète pas qu'il ait disparu ?

– Bien sûr que ça m'inquiète... Mais tu sais ce que je veux dire, non ? »

Lisa le regarda dans les yeux. Il allait falloir en passer par là.

« Non, Pierre, je ne sais pas...

– Pour une fois que nous sommes tous les deux, tu ne penses qu'à le retrouver ! »

La jeune fille ferma les yeux quelques instants. Elle ne voulait pas que la fatigue d'une nuit presque sans sommeil la rende cruelle.

« Vous ne me forcerez pas à choisir, Pierre. Ni toi, ni

Élias. Je fais ce que je veux ! Quand je veux ! Si tu ne peux pas accepter ça, on ne pourra pas continuer ensemble. Pour le moment, tu m'acceptes comme amie ou tu t'en vas ! »

Lisa avait mesuré ses paroles, autant qu'elle le pouvait. Mais elle voulait que cesse cette compétition ridicule entre eux. Les yeux de Pierre se mouillèrent de larmes. Il se détourna, espérant qu'elle n'avait rien remarqué.

Il resta ainsi quelques secondes, le dos tourné, essayant de reprendre son calme.

« C'est dur, Lisa, tu sais. Quand Élias nous a laissés tomber, j'avais espéré... »

Quand ils avaient retrouvé Manu à Commentray, Élias avait refusé de se joindre aux autres enfants. Il s'était enfui et puis s'était caché dans les souterrains creusés sous la ville. Lisa avait fini par le retrouver et ils s'étaient vus plusieurs fois, en cachette des autres ; ça, Pierre l'ignorait.

« Mais il est revenu, reprit la jeune fille d'une voix douce. Et il nous a sauvés des Faucheux, est-ce que tu l'as oublié ? Et même s'il avait disparu, est-ce que tu crois que cela suffirait pour que je sois amoureuse de toi ?

– Ce qui veut dire que tu ne l'es pas ?

– Ce qui veut dire que je ne sais pas, et que je ne veux perdre aucun de vous deux ! »

Elle fit un pas en avant, posa les mains sur ses épaules et le força à se retourner.

« On y va, maintenant ? »

Il ne put que hocher la tête.

« Allez, en marche, monsieur l'Homme des bois ! » ajouta-t-elle en souriant.

Elle l'embrassa sur la joue. Ils sortirent dans la cour.

« Tu sais monter ? demanda-t-il.

– Aux arbres ?

– À cheval ! On ira dix fois plus vite. »

Depuis leur installation au château, Pierre faisait presque tous les jours de longues balades à cheval. Mais Lisa ne l'avait accompagné qu'une fois.

« On n'est pas obligés de faire du triple galop ? soupira-t-elle, résignée.

– Et pourquoi pas du quadruple ! répondit le garçon avec un clin d'œil. Donne-moi dix minutes pour les préparer », ajouta-t-il en courant vers le pré.

Le sens de l'orientation de Pierre lui faisait rarement défaut, développé pendant les longues nuits passées dans la forêt, à dormir dans les cabanes qu'il construisait dans les arbres.

À cheval, ils ne pouvaient pas couper directement au milieu des bois. Ils suivirent une série de petites routes et de chemins de terre. À quelques centaines de mètres de l'endroit d'où s'élevait la fumée repérée par Pierre la veille, ils jugèrent préférable d'abandonner leurs montures et de continuer à pied. Il valait mieux ratisser lentement les parages s'il était arrivé un accident à Élias et qu'il gisait blessé, quelque part dans les bois. Et puis, on ne pouvait pas exclure qu'il ait fait une mauvaise rencontre : inutile dans ce cas de se précipiter tête la première dans le danger après avoir ameuté toute la région avec le bruit des sabots et le hennissement des chevaux !

Lisa ne fut pas mécontente de retrouver la terre ferme ! L'angoisse de perdre le contrôle de sa monture lui avait au moins permis d'oublier un peu son inquiétude pour Élias. En restant debout sur ses étriers au lieu de s'asseoir sur la selle, elle avait même fini par trouver le moyen de ne pas être trop ballottée quand ils trottaient ; ce n'était pas très classique, mais nettement plus confortable.

Ils avancèrent avec précaution le long d'un petit chemin qui semblait déboucher sur une clairière. Le bruit d'un moteur déchira soudain le silence, effrayant une nuée d'oiseaux qui décolla des arbres en piaillant.

Pierre et Lisa échangèrent un regard : il y avait bien longtemps qu'ils n'avaient vu ou entendu de véhicule fonctionnant autrement qu'à la force des mollets ! Ils quittèrent le chemin, préférant avancer à l'abri du bois. Une deuxième moto, puis une troisième, démarrèrent à leur tour dans un vacarme de hurlements et de klaxons.

Ils arrivaient dans leur direction.

Lisa et Pierre se jetèrent au sol, le nez dans les feuilles, et maintinrent la tête obstinément baissée pendant que la colonne de deux-roues défilait devant eux. Les remorques étaient attelées, les tentes repliées, chargées derrière les motos : la troupe levait le camp.

De peur qu'un retardataire ne les surprenne, ils patientèrent encore cinq minutes avant de revenir sur le chemin. Ils voulaient inspecter le camp de l'étrange bataillon de motards, espérant y trouver une trace d'Élias.

La clairière était déserte. Les cendres d'un grand feu, les papiers et les bouteilles abandonnés témoignaient du passage des Bikers.

« Par ici ! » cria soudain Pierre.

Ils traversèrent le pré en courant. Élias était ligoté à un arbre, inconscient ; sa tête reposait sur sa poitrine.

« Élias ! Élias ! » cria Lisa.

Le garçon grogna un peu, bougea légèrement, sans parvenir à reprendre conscience.

Pierre se débattait avec l'épais fil de fer qui entamait profondément la peau des bras de son ami. Enfin, il parvint à le dégager, le retenant au vol pour l'allonger doucement sur le sol.

Déjà, Lisa sortait de l'eau d'une gourde et en humectait les lèvres du blessé. Il ouvrit les yeux, murmura quelques mots.

« J'ai mal... j'ai mal... »

Lisa souleva doucement sa tête. Elle découvrit une large plaie au cuir chevelu, qui heureusement semblait avoir arrêté de saigner. Élias grelottait ; pourtant, son front était constellé de gouttes de sueur.

« Il faut le ramener... fit Lisa.

– Et si on retombe sur les motards ?

– Pas le choix ! Tu penses pouvoir le prendre avec toi sur le cheval ? »

Le garçon hocha la tête.

« Oui, si tu m'aides à le porter jusque là-bas !

– Les Bikers, les Bikers, grommela Élias.

– Il est mal en point, fit Pierre.

– Allez, on y va ! »

Ils rentrèrent au pas des chevaux, essayant de ménager Élias, qui ne cessait de s'évanouir et de revenir à lui.

À cinq cents mètres du haras, Lisa partit à pied en reconnaissance. Pas de motards en vue. Une fois dans la maison, ils couchèrent Élias et passèrent le reste de la journée à le veiller. Pas une fois le jeune homme ne réussit à parler. La fièvre ne lui laissait que de rares instants de répit ; Pierre avait fouillé la maison à la recherche d'une boîte à pharmacie, mais en vain. Ils avaient dû se contenter de poser des linges humectés d'eau froide sur le front du blessé.

Vers sept heures du soir, Élias fut pris d'une violente crise de tremblements qui le laissa épuisé. Lisa regarda son ami, la peau d'une blancheur de craie, les yeux injectés de sang, les cheveux en bataille.

« Il va falloir lui trouver des médicaments... »

Pierre acquiesça silencieusement.

Élias s'agita sur le lit. Pour la première fois, il sembla remarquer leur présence.

« Lisa...

– C'est nous, Élias ! C'est nous. Reste tranquille.

– C'est une fille. Elle m'a lancé une pierre avec sa fronde. Ils m'ont laissé attaché toute la nuit à un arbre. J'ai eu tellement froid ! »

Pierre et Lisa échangèrent un regard : est-ce qu'il délirait ?

« Dors, Élias. Il faut que tu te reposes... »

Lisa souffla les bougies qui éclairaient la pièce.

« Attends ! Attendez ! »

Ils s'approchèrent du lit.

Élias passa la langue sur ses lèvres desséchées.

« Là-bas... J'ai vu... J'étais dans l'arbre, avant qu'ils ne m'attrapent. Je l'ai vu ! »

Il se dressa à moitié sur son lit.

« Calme-toi !

– Je l'ai vu. Un prisonnier !

– Qui ça, Élias ? Qui ? »

Élias attrapa la main de Lisa et fit un dernier effort.

« Un adulte. J'ai vu un adulte ! »

Il avait épuisé ses dernières forces. Il se laissa retomber sur le lit.

Enchaînant les tours de garde, Lisa et Pierre veillèrent Élias toute la nuit. Plusieurs fois, la fièvre monta si haut que le garçon fut pris de convulsions. Quand la crise passait, il sombrait dans un profond délire, marmonnant des mots inintelligibles entrecoupés de hurlements soudains.

Vers sept heures du matin, ils se retrouvèrent tous deux à son chevet, épuisés et inquiets.

« Il ne va pas s'en sortir tout seul, dit doucement Lisa, avec un calme qu'elle était loin d'éprouver.

– Qu'est-ce que tu proposes ?

– On prend les chevaux, on fonce à Saint-Martin et on voit ce qu'on trouve dans les pharmacies.

– Tous les deux ? fit Pierre songeur. Est-ce que l'un de nous ne ferait pas mieux de rester avec lui ?

– À deux on fouillera plus vite la ville, alors qu'ici, on ne peut rien pour lui...

– D'accord. Essaie de lui expliquer. »

Lisa s'agenouilla au pied du lit. Elle prit la main du malade.

« Élias... on va aller chercher de quoi te soigner. On ne part que quelques heures... Tu comprends ? »

Le garçon ouvrit les yeux. Il essaya de parler, mais sa bouche desséchée ne put émettre aucun son. Lisa approcha un verre d'eau de ses lèvres, versant le liquide goutte à goutte entre ses lèvres...

« Un adulte, un adulte », gémit-il.

Elle se releva, posa la main sur sa joue.

« Élias ! Je vais partir en ville. Avec Pierre. Tu m'entends ? »

Il ouvrit les yeux, sembla la reconnaître.

« Pierre... Il t'a toute pour lui, maintenant !

– Tais-toi !... On va trouver de quoi te soigner.

– Tu te souviens, à Commentray, dans le clocher de l'église... »

Il se tut, puis reprit doucement.

« Je t'ai dit que ton monde était plus beau que tous ceux que je m'étais inventés quand j'étais prisonnier dans le souterrain... »

Il parlait si doucement qu'elle dut se pencher vers son visage pour saisir ses paroles.

« Ton monde est beau parce que tu y habites, Lisa... Sans toi, il n'a aucun intérêt. »

La jeune fille regardait intensément le visage livide, sans prendre garde aux larmes qui dévalaient ses joues.

En quelques heures, toute la force vitale d'Élias semblait s'être envolée.

Elle fit un effort démesuré pour se relever.

« Attends-moi, Élias. Attends-nous. On va revenir. »

Quelques jours après leur installation, Pierre avait pris la précaution de dégager l'allée et de déverrouiller la grille. Ils gagnèrent facilement la route, puis chevauchèrent en silence à travers la campagne, alternant pas et trot, ne faisant halte que quand, à un croisement, il fallait vérifier la direction à prendre.

Ils durent mettre pied à terre pour traverser une rivière à gué. Le pont qui la franchissait s'était effondré. Pierre en profita pour poser la question qui le taraudait depuis la veille.

« Tu y crois, toi, à cette histoire d'adulte ? Il délire, non ? »

Lisa haussa les épaules.

« Peut-être... Depuis la Disparition, nous n'avons rencontré que des enfants. Personne de plus de seize ou dix-sept ans... Peut-être un ado particulièrement grand...

– Quand même, tu imagines, si... fit Pierre.

– Si certains adultes avaient survécu ? Si nos parents avaient survécu ? Ne rêve pas, Pierre ! »

Il avait fallu de nombreux mois à Lisa pour admettre que son père, sa mère et son frère ne reviendraient jamais, des mois pour supporter l'idée que le monde d'avant avait définitivement disparu. Des jours et des nuits à pleurer, à prier, à supplier. Elle s'était construit sa carapace ; elle ne prendrait pas le risque d'espérer à nouveau.

Le garçon n'insista pas. Ils apercevaient, loin devant eux, les premières habitations de Saint-Martin, qu'ils atteignirent vingt minutes plus tard.

Les sabots des chevaux résonnaient sur le bitume des rues pendant qu'ils progressaient au milieu des carcasses de voitures et des bus rouillés.

Une meute déboucha d'une avenue sur la gauche, environ cinquante mètres devant eux. Les chiens, de toutes races, étaient menés par un berger allemand de grande taille. L'animal s'immobilisa au milieu de la rue, les oreilles dressées vers Lisa et Pierre. Derrière lui, dobermans, labradors, lévriers ou bâtards s'assirent, dans l'attente des instructions du chef de meute.

« On fait demi-tour ? chuchota Pierre. Au galop, ils ne nous rattraperont jamais !

– Attends...

– Qu'est-ce que tu fais ? Tu es folle ! »

Lisa sauta à terre et, abandonnant son cheval, fit quelques pas en avant.

« Lisa ! Reviens ! »

D'un geste, la jeune fille lui intima l'ordre de se taire.

Les chiens commencèrent à grogner et à gémir. Certains tournaient sur eux-mêmes, indécis. D'autres faisaient mine de s'éloigner, avant de revenir au milieu de la meute. Seul le berger allemand ne bougeait pas. Impassible, il observait Lisa qui avançait.

« Ils ne sont plus domestiques, insista Pierre. Tu vas te faire bouffer ! »

Depuis la Disparition, les chiens redevenaient peu à peu sauvages. Redécouvrant le comportement des loups, ils avaient accepté l'autorité du berger allemand qui leur avait réappris à chasser, à se protéger du froid et de la pluie, à disputer leur territoire aux autres prédateurs. Mais l'homme venait de refaire son apparition. Dans l'esprit confus des chiens, l'instinct de liberté le disputait aux souvenirs des temps anciens, quand ils vivaient aux côtés des humains.

Lisa espérait qu'au plus profond d'eux-mêmes, les chiens voudraient se placer sous la protection de leurs anciens maîtres. Elle avait préféré laisser son cheval en arrière, craignant que les molosses n'y voient une proie.

Les animaux n'en pouvaient plus de tension. L'un après l'autre, ils se mirent à aboyer. Lisa se souvint d'une visite à un chenil de la SPA. Le vacarme y était sans comparaison avec les hurlements assourdissants de la centaine de chiens déchaînés. S'ils décidaient d'attaquer, rien ne pourrait la sauver.

Le berger allemand se mit en mouvement. Calmement, il avança jusqu'à Lisa, fit le tour de la jeune fille et vint s'asseoir à ses pieds, face aux autres chiens. Elle comprit ce qu'il attendait. Elle posa la main sur la tête de l'animal, flattant doucement le museau et les oreilles.

Aussitôt, la meute se tut. Le guide avait choisi : la vieille alliance avec les hommes était renouée. Lisa revint jusqu'à son cheval ; elle l'empoigna par les rênes.

« Descends, et suis-moi », murmura-t-elle.

Pierre obéit sans discuter.

Le berger allemand leur ouvrit le chemin. Les chiens s'écartaient sur leur passage, gémissant, implorant la caresse du maître.

Ils marchèrent encore deux cents mètres avant de remonter à cheval. Le grand chien les regarda s'éloigner un long moment avant de retourner vers ses semblables.

Un peu plus loin, ils repérèrent la pharmacie. Ils abandonnèrent les chevaux dans un petit square situé dans une rue parallèle.

Ils utilisèrent un banc public comme bélier. La vitrine vola en éclats au premier impact. Les médicaments étaient là, à portée de main.

4

*I**l savait se plaquer au sol**, ramener sur lui un tapis de feuilles mortes, rester immobile aussi longtemps qu'il le fallait.*

Les démons ne l'avaient pas vu quand ils avaient quitté la maison, montés sur leurs chevaux. Le garçon avait un sac à dos... ils ne reviendraient pas immédiatement.

Il poussa la grille et quitta aussitôt l'allée. Il préférait avancer à couvert, d'arbre en arbre, de buisson en buisson.

Il observa un long moment la maison. Le troisième démon devait être là, quelque part. À sa portée. Les voix hurlaient dans sa tête : les démons étaient responsables de tous ses malheurs.

La fille, elle avait l'air gentil. Quand il la voyait, il savait qu'il devait se souvenir de quelque chose. D'un endroit, quelque part, où il l'avait déjà rencontrée. Il se concentrait aussi fort qu'il le pouvait, mais il ne voyait qu'un voile noir, avec juste un peu de lumière qui passait. Quelquefois, il apercevait une maison, un jardin, mais le voile noir se refermait.

Non, la fille n'était pas gentille.

Il plongea la main dans la poche de son manteau déchiré et la referma sur le manche du poignard, puis il courut jusqu'à l'arrière de la maison. Il longea les murs, se baissant à chaque fois qu'il passait devant une fenêtre.

Il atteignit le perron, poussa la porte. Il fit le tour des pièces, l'une après l'autre, vérifiant chaque recoin, chaque cachette. Personne.

Il revint vers l'entrée. Observa l'escalier qui montait vers le premier étage. Il était là-haut. Il le sentait.

Le grincement de la porte d'entrée tira Élias du profond sommeil où il était plongé. Il lui fallut plusieurs secondes pour se souvenir qu'il était installé dans sa chambre, au haras.

Il se dressa sur un coude, tendit l'oreille ; la maison semblait maintenant parfaitement silencieuse. Soulagé, il reposa sa tête sur l'oreiller ; se relever l'avait vidé de son énergie.

Un craquement dans l'escalier. Encore un autre. Quelqu'un montait !

« Lisa ? »

Le bruit s'interrompit.

« Lisa ? Pierre ? »

Il rejeta les couvertures et fit pivoter ses jambes jusqu'au bord du lit. Il y avait quelqu'un dans la maison, il en était certain. Un inconnu.

Il essaya de se lever en prenant appui sur la table de nuit. Un vertige fit basculer la pièce, déclenchant un haut-le-cœur dans sa poitrine. Il entendait plus distinctement les pas : l'intrus devait avoir atteint l'étage. Il avançait dans le couloir.

Élias sentit ses jambes s'affaisser sous lui. Deux jours de fièvre avaient eu raison de sa force. Il glissa sur le tapis, le corps recouvert de sueur froide.

Dans le couloir, une voix murmurait, plus forte à mesure que l'inconnu avançait vers la chambre.

« J'arrive, démon... j'arrive... »

Élias essaya de se calmer, d'envisager des solutions.

La fenêtre. Les branches du grand marronnier touchaient presque les carreaux.

À quatre pattes, il atteignit la croisée, s'aida du mur pour se relever. Il enjamba l'appui, sentant la présence inquiétante se rapprocher.

« Me voilà, démon, me voilà... »

Il s'en voulait de fuir, mais ses chances étaient inexistantes. Il s'assit sur le rebord de la fenêtre ; la branche était toute proche, à moins d'un mètre.

L'ennemi entra dans la pièce ; Élias se poussa de toutes ses forces, les mains lancées en avant. Ses doigts effleurèrent la branche, mais il était trop faible pour refermer sa prise : il tomba sur le sol.

Les feuilles entassées au pied de l'arbre amortirent le choc. Il roula sur le dos. Trois mètres au-dessus de lui, penché à la fenêtre, un visage hirsute le dévisageait, hésitant sur la conduite à suivre.

La tête disparut dans la chambre. Élias comprit que son agresseur descendait le chercher. Il n'avait que quelques secondes pour trouver une solution.

« Dépêche-toi, Lisa !

– Si tu sais ce qu'il faut prendre, tu n'as qu'à le dire ! Comment veux-tu que je m'y retrouve ? »

Dans la pharmacie, Pierre et Lisa fouillaient frénétiquement les tiroirs remplis de médicaments. Naïvement, ils avaient espéré trouver des indications précises sur les emballages, qui correspondraient aux symptômes dont souffrait Élias. Mais il y avait des milliers de boîtes, de tubes, de sachets couverts d'un jargon incompréhensible. Ils avaient bien trouvé de l'aspirine quelques minutes après avoir détruit la vitrine de la pharmacie, mais il faudrait beaucoup plus que cela pour sauver Élias !

« Attention ! Planque-toi ! »

Pierre se précipita vers Lisa et l'attira au sol, à l'abri derrière le comptoir de la pharmacie.

« Les Bikers... » murmura le garçon.

Dans la rue, ils virent passer la longue procession d'engins qui suivaient la puissante moto du leader. Ils retinrent leur souffle, espérant pouvoir reprendre la fouille de la pharmacie dès que les motards auraient disparu.

Mais sans doute le leader donna-t-il un ordre : filles et garçons mirent pied à terre.

Un véhicule étrange s'était immobilisé juste à hauteur de la pharmacie : une grande caisse métallique d'environ deux mètres de côté était fixée sur une remorque attelée à un side-car. De l'intérieur du magasin, Lisa et Pierre virent le leader apparaître dans leur champ de vision.

De près, ils eurent le loisir de l'observer. Tout en lui était noir : le blouson et le pantalon de cuir, les cheveux plaqués en arrière et les yeux cruels.

Le leader s'approcha du pilote du side-car.

« Libère-le ! »

Le garçon fit le tour de la remorque et alla ouvrir le panneau arrière. Un homme sortit en titubant de la caisse, cachant ses yeux pour se protéger du soleil. Lisa comprit qu'il devait être enfermé dans le noir total.

L'inconnu pouvait avoir trente ans. Ses cheveux blonds n'avaient pas été coupés depuis trop longtemps ; son visage était tuméfié en plusieurs endroits. Il portait un simple tee-shirt, certainement insuffisant pour le protéger des rigueurs du froid, et un jean déchiré aux genoux. Il n'avait pas de chaussures.

Le leader s'approcha ; il empoigna l'homme par le bras et, d'une bourrade, le poussa vers la pharmacie. La bande s'était regroupée derrière son chef, privant définitivement Lisa et Pierre de toute possibilité de sortie.

« Allez, Doc ! fit le garçon au blouson noir. Va chercher ce dont tu as besoin. »

L'homme hésita, voulut protester mais renonça. Il avança jusqu'à la vitrine défoncée et entra dans la pharmacie en prenant garde à ne pas blesser ses pieds nus sur les éclats de verre. Il attendit un instant que ses yeux s'accoutument à la pénombre, jeta un coup d'œil à l'extérieur et comprit qu'il n'avait pas d'autre choix qu'obéir.

Lisa et Pierre se tapirent un peu plus derrière le

comptoir. Élias n'avait pas rêvé ! Un adulte au moins avait survécu à la Disparition !

L'homme fit le tour du comptoir, attrapant quelques sacs en plastique au vol, et se dirigea droit vers les armoires où étaient rangés les médicaments. D'une main experte, il ouvrit les tiroirs et choisit plusieurs dizaines de boîtes. Finalement, il parut satisfait de sa récolte et revint vers le comptoir. Il s'immobilisa face aux deux enfants dissimulés à terre que lui seul pouvait voir.

Lisa serra les poings, craignant le cri qui alerterait les motards. Mais l'homme se contenta de les dévisager.

« Alors, Doc ! fit la voix du leader. Il y a un problème ? »

Sans un mot, l'homme détourna le regard et marcha jusqu'à la rue. Il tendit les sacs au leader.

« Ne me fais pas attendre, Doc ! T'as compris ? Allez, retourne dans ton trou ! »

Le prisonnier toisa son tortionnaire. Il le dépassait d'une bonne tête, mais il ne pouvait rien contre le nombre. Il recula et disparut dans la caisse.

Quelques instants plus tard, sur un signe de tête du leader, la troupe des motards reprit sa route.

Où était-il passé ? Juste le temps qu'il dévale l'escalier, et le démon avait disparu. Indécis, il fit un lent tour sur lui-même, scrutant les bâtiments, les prés et, plus loin, la lisière de la forêt. Rien d'anormal.

Il rentra dans la maison, parcourut les pièces.

Dans la cuisine, il remarqua le sac à dos accroché au dossier d'une chaise. Il connaissait le logo, un avion bleu sur un cercle blanc. Le voile noir qui dissimulait ses souvenirs se déchira un peu plus. Il revit le sac, abandonné près d'une serviette de plage, un bord de mer, le sable blanc. Qui étaient cet homme et cette femme, plongés dans leur livre ?

Une silhouette sortit de l'eau et s'approcha, mais, aveuglé par le soleil, il ne parvint pas à voir ses traits. Une fille ; elle se penchait vers le sac et en tirait des lunettes de soleil.

Il se concentra aussi fort qu'il pouvait, mais, une nouvelle fois, l'image s'estompa et le voile noir garda son secret.

Il remonta dans la chambre, remarqua le verre d'eau et le thermomètre sur la table de chevet. Il était près de midi, et pourtant il avait surpris le garçon dans son lit.

La conclusion était évidente : le démon était malade. Il n'avait pas pu aller bien loin après sa chute. Il allait fouiller, méticuleusement. Il le retrouverait.

5

« C'EST UN MÉDECIN !

– Bien sûr que c'est un médecin, répondit Lisa, agacée. Leur chef l'a appelé "Doc", et il savait quels médicaments prendre.

– Il a survécu, lui… Pourquoi ?

– Je n'en sais rien, mais s'il reste encore un adulte, pourquoi pas beaucoup d'autres ? »

Ils restèrent un instant silencieux. Aucun bruit n'avait troublé le silence de la rue depuis le départ des Bikers. Ce n'était pas la prudence qui les retenait dans la pharmacie ; ils ne savaient tout simplement pas ce qu'ils allaient faire.

« Élias est seul depuis plusieurs heures… reprit Lisa. Je commence à m'inquiéter. Il n'est pas en mesure de se défendre si…

– Si quoi ?

– Je n'en sais rien ! cria la jeune fille. Tu trouves qu'on vit dans un petit paradis ? Sans danger ? »

Pierre jugea plus prudent de ne pas répondre.

« On n'a pas le choix ; Il faut que ce médecin nous

aide à sauver Élias... Et peut-être qu'il pourra nous en dire plus sur les autres adultes...

– Alors ? » fit Lisa.

Elle regrettait d'avoir rabroué son ami. Depuis la Disparition, elle devenait facilement agressive, dure, simplement parce que la situation l'exigeait, la plupart du temps. Mais elle savait qu'elle avait terriblement besoin de Pierre, de son sang-froid et de son humeur toujours égale.

Il jeta un coup d'œil à sa montre.

« Il est plus de midi. Je suppose qu'ils ont voyagé ce matin. Je serais eux, je choisirais cette ville pour y passer la nuit prochaine. Ils n'auront pas trop de tout l'après-midi pour fouiller les magasins et les appartements à la recherche de nourriture. »

Lisa avait compris :

« On repère l'endroit où ils se sont installés ?

– On attend la nuit et on essaie de faire sortir ce type... » termina Pierre.

La température fraîchissait ; le soleil ne tarderait pas à se coucher. Élias ne comprenait même plus comment il avait pu tenir aussi longtemps. Les heures avaient défilé au rythme d'un supplice interminable, brièvement suspendu quand il perdait conscience et qu'il plongeait dans un oubli réconfortant pour se réveiller en sursaut quelques minutes plus tard.

Qu'est-ce qu'il lui voulait, ce type ? Élias ne l'avait jamais vu de sa vie. Est-ce que c'était un membre de la bande des Faucheux qui voulait se venger ?

Pourtant, il ne les avait jamais affrontés directement ; au contraire, il voulait leur abandonner Commentray, même quand Manu et les autres avaient décidé de résister jusqu'au bout. Il ressassait les mêmes idées ; la fièvre l'empêchait de raisonner correctement. Si c'était un pillard, pourquoi ne se servait-il pas dans la maison et ne repartait-il pas ?

Le cheval devenait nerveux, acceptant de plus en plus difficilement l'intrus dans son box. Élias s'était traîné jusqu'aux écuries et avait réussi à s'introduire dans l'une des stalles. L'étalon l'avait longtemps observé, hésitant à chasser l'intrus à coup de ruades. Finalement, il avait dû prendre l'attitude d'Élias, qui restait obstinément à terre, allongé sur la paille sale, pour une marque de soumission et semblait avoir accepté sa présence.

Sans doute l'animal attendait-il maintenant qu'on le nourrisse, ou qu'on le mène au pré. Il donnait des coups de sabot dans la porte et, depuis plusieurs minutes, tentait de mordre la tête du garçon.

Toutes les demi-heures, Élias entendait des pas devant le box. L'autre avait dû fouiller tout le haras et avait décidé de patrouiller, attendant que son gibier sorte de sa cachette. Le garçon craignait maintenant que le remue-ménage du cheval ne le convainque de vérifier les écuries, qu'il avait négligées jusqu'à présent.

Encore quelques minutes, et l'obscurité serait complète. Élias avait pris sa décision : il devait se glisser hors de son refuge.

« Le Cinérama », indiquait l'enseigne rouge et verte qui ne clignotait plus depuis longtemps. Impossible de se tromper : tous les deux-roues des motards étaient garés devant l'entrée, cette fois placés sous la surveillance de deux filles.

Lisa et Pierre contournèrent le cinéma en empruntant une succession de ruelles. Enfin, ils atteignirent l'arrière du grand bâtiment blanc. Plusieurs sorties de secours débouchaient des différentes salles du multiplexe jusque dans la rue. Ils en choisirent une, et Pierre réussit à glisser son couteau entre la porte et l'encadrement pour faire jouer le pêne. Le couloir était vide, mais ils entendaient des cris et des rires depuis l'intérieur du cinéma. Ils avancèrent sans bruit jusqu'à la salle : un groupe de Bikers s'était installé sur l'estrade qui séparait l'écran des premiers sièges. Ils y avaient déroulé leurs sacs de couchage et sorti les provisions ; visiblement, ils avaient choisi leur hébergement pour la nuit.

Impossible de traverser la salle sans être vus. Ils revinrent dans la rue et Pierre força la porte suivante. Cette fois-ci, la salle était vide. Ils étaient dans la place, mais il leur fallait encore localiser l'endroit où le médecin était retenu prisonnier.

Lisa remonta la travée centrale jusqu'à l'entrée de la salle. Avec mille précautions, elle poussa la porte et observa le hall du cinéma. Elle découvrit deux Bikers postés devant l'accès principal, celui qui donnait sur la rue.

Une voix la fit sursauter. Entouré de ses deux adjoints, le leader apparut dans l'escalier qui desservait le premier étage. D'un pas décidé, les trois motards se dirigèrent vers la salle où Pierre et Lisa se dissimulaient.

La jeune fille battit en retraite, espérant que la moquette épaisse étoufferait le bruit de sa course. Sans un mot, elle grimpa sur l'estrade, prit Pierre par le bras et l'attira vers l'un des côtés du grand écran blanc. Comme elle l'espérait, une ouverture permettait de se glisser derrière le gigantesque panneau. Ils découvrirent un espace large d'une cinquantaine de centimètres dans lequel ils se faufilèrent.

Déjà, les Bikers entraient dans la salle et descendaient l'allée. Ils vinrent s'installer sur l'estrade, tout près de l'écran.

Moins d'un mètre les séparait des deux ados embusqués.

« Alors, les vivres ? commença le leader. Où en es-tu, Tonino ?

– Reste presque rien. Un jour, deux maxi. Les gars en ont marre des conserves de thon !

– Je sais qu'ils en ont marre, abruti ! Inutile de me le rappeler sans arrêt ! »

Il y eut un silence

« Et le carb' ?

– C'est pas mieux. Les premières pannes demain.

– Rafa ?

– Ouais ?

– Il faudra transvaser des motos les plus remplies vers les autres, histoire que tout le monde ait la même chose.

– Ça va râler...

– Je m'en fous. S'il y a un problème, tu me les envoies. On verra, si ça râle. »

Lisa et Pierre s'obligeaient à respirer doucement ; ils étaient à la merci des trois Bikers.

« Bon, je sais que ça commence à être juste... reprit le leader. Il va bien falloir qu'il crache le morceau...

– Tu y crois vraiment, à cette histoire de Nouveaux Territoires ? demanda Tonino.

– Des conneries ! fit Rafa.

– Ferme-la, Rafa ! Ce type, il n'est pas apparu comme ça, par hasard ! Plus d'un an après le Grand Soir ! Il était bien nourri, ses fringues étaient propres, il était même rasé de près ! »

Lisa et Pierre échangèrent un regard. Le Grand Soir, c'était la Disparition.

« Tu crois qu'il sort des Territoires ? insista Tonino.

– Des conneries ! » répéta Rafa.

Un bruit sec. Une claque.

« C'est pas une légende ! reprit le leader. Quelque part, il y des survivants qui se sont organisés. On dit qu'ils recommencent à cultiver, à élever des animaux, à construire des maisons.

– Et si on les trouve... fit Tonino.

– On aura tout ce dont on a besoin, les gars. De la bouffe et du carb'. Alors moi, j'y crois. À bloc ! Et l'autre, là-haut, il va causer. Demain... on le chauffe, c'est moi qui m'en chargerai. »

Le leader marqua une pause.

« D'ailleurs, on n'a pas le choix. Si les gars cessent d'y croire, on est fini. Tu comprends ça, Rafa ? »

Il n'y eut pas de réponse. Quelques instants plus tard, Lisa et Pierre entendirent les pas des trois garçons s'éloigner. Ils attendirent encore un long moment avant d'être certains qu'ils étaient seuls ; enfin, ils purent sortir de leur cachette.

Le leader avait dit « là-haut ». C'était une indication précieuse. Ils levèrent les yeux. La cabine de projection !

« On y va... » murmura Lisa.

Les deux gardes avaient disparu. Le hall était désert. Ils se faufilèrent jusqu'à une porte marquée « Privé ». Lisa comptait sur le fait que le cinéma serait desservi par un réseau de couloirs réservés aux employés, permettant au personnel de circuler sans croiser le public. Apparemment, ils venaient d'en découvrir un accès.

Dans une demi-obscurité, ils avancèrent silencieusement jusqu'à un escalier métallique. De loin en loin, ils entendaient les voix des Bikers monter par les conduits d'aération des salles où ils s'étaient installés.

Lisa allait poser le pied sur la première marche quand Pierre la retint par le bras ; le garçon s'assit sur le sol, enleva ses chaussures et, d'un geste, ordonna à la jeune fille de l'imiter : le moindre bruit, quand ils gravirèrent l'escalier, résonnerait dans tout le bâtiment.

Chaussures à la main, ils atteignirent un palier. L'une des portes affichait la mention « Cabine ». Ils n'eurent qu'à tourner la clé laissée dans la serrure et pénétrèrent dans une pièce sans ouverture, presque entièrement occupée par une batterie de projecteurs disposés en cercle pour alimenter la demi-douzaine de salles du complexe.

Adossé contre un mur, les mains liées derrière le dos et un bâillon sur la bouche, le médecin les dévisageait, les yeux écarquillés par la surprise et la peur.

D'un bond, Pierre fut à ses côtés ; il mit un doigt sur ses lèvres et le prisonnier acquiesça. Aussitôt, le garçon le libéra, l'aida à se relever et l'attira hors de la pièce exiguë.

L'homme parut vouloir demander des explications, mais Pierre lui fit à nouveau signe de se taire.

« Plus tard ! » lui murmura-t-il à l'oreille.

Il ne leur fallut que quelques secondes pour redescendre.

Le hall était vide. Ils coururent jusqu'à la salle par laquelle ils étaient entrés et refirent le chemin en sens inverse. Ils atteignirent la rue sans encombres et s'éloignèrent à toutes jambes dans les petites rues sans même prendre la peine de se rechausser.

Il leur faudrait être loin quand les motards découvriraient la disparition du médecin.

Il avait été récompensé de sa longue attente : le démon était sorti de sa cachette. Il décida de le suivre silencieusement, guettant le moment opportun pour frapper. Le garçon était malade, mais il avait l'air souple et musclé ; mieux valait ne pas prendre de risque.

Le corps plié en deux, sa proie traversa la cour du haras, longeant les bâtiments, espérant se fondre dans l'ombre des murs. Le garçon atteignit l'allée qui menait à la grille du parc.

Un éclair envahit l'esprit du chasseur ; une course-poursuite dans un bois, au milieu d'autres enfants. Il reconnut la fille de la plage : elle courait devant lui en riant. Il savait qu'il la connaissait, mais elle ne se retourna pas. La vision disparut.

Il avait laissé le garçon prendre de l'avance ; il se faufila entre les arbres, ignorant les buissons qui déchiraient ses chevilles. Le démon avançait doucement, prenant appui contre les troncs pour reprendre son souffle. En quelques secondes, il refit son retard.

Il le tenait à sa portée, maintenant ; il frapperait avant qu'il atteigne la grille.

Élias n'en pouvait plus. Il avait surestimé ses forces, et moins d'une dizaine de mètres hors de l'écurie avait suffi pour qu'il comprenne l'erreur qu'il avait faite en quittant son refuge. Il longea la grange ; sa tête tournait et il serait tombé s'il n'avait pas marché en prenant appui d'une épaule sur le mur.

Il tituba jusqu'à l'allée. Il voulait fuir le haras, trouver du secours, partir à la rencontre de Pierre et de Lisa.

Il resta un long moment prostré contre un arbre ; il ne parvenait plus à respirer, le sang battait à ses tempes. Il entendit un bruit de branche qui craquait sur sa gauche. Un animal, peut-être ? Il se força à repartir. La grille, devant lui, paraissait inaccessible ; sa vue se brouillait.

Quelqu'un marchait sur sa gauche, il en était certain. Des pas foulaient le tapis de feuilles mortes : celui qui le traquait ne prenait même plus la peine de se dissimuler.

Élias bascula en avant ; ses mains s'écorchèrent sur la terre de l'allée et son front heurta le sol. Étourdi, il continua à quatre pattes, tendu vers un seul objectif : atteindre la grille, échapper enfin à son poursuivant.

Mais il n'en pouvait plus ; il fallait qu'il se repose. Il s'allongea de tout son long sur l'allée, résigné au sort qui l'attendait. Il n'avait même plus la force de se retourner pour découvrir le visage de son assaillant. L'inconscience envahissait doucement son esprit, comme une nappe de brume.

Il se sentait sombrer. Il ferma les yeux. Les bruits de la forêt devinrent de plus en plus précis. Le vent dans les arbres. Le chant des oiseaux. Les renards qui rôdaient dans les buissons. Et, au loin, les sabots des chevaux sur la route.

6

« ÉLIAS ! »

Lisa se jeta au bas de son cheval et se précipita vers le garçon étendu à terre. Le médecin avait fait le chemin de retour en croupe derrière Pierre ; il glissa au sol et aida la jeune fille à retourner le malade.

« Il est brûlant. On va le ramener dans la maison et je l'examinerai. »

Ils chargèrent Élias en travers de la selle. Sa tête et ses jambes ballottaient de chaque côté.

Pierre s'attarda un instant, scrutant les bois. Il avait été élevé au milieu de la nature ; il préférait dormir à l'air libre plutôt que dans sa chambre ; il savait reconnaître une dizaine d'espèces de rongeurs, et encore plus d'oiseaux de proie. Capturer une vipère ou maintenir un bouvillon pendant qu'on le marquait ne l'impressionnait pas. C'était son milieu, et il sentait qu'il y avait quelqu'un caché là, tout près. Enfin, à regret, il rejoignit les autres.

« Une pneumonie, sans aucun doute », fit le médecin en se redressant.

Sur le lit, Élias, livide, respirait faiblement.

« Un coup de froid qui a dégénéré, et maintenant les poumons sont infectés.

– Il a passé toute une nuit prisonnier des Bikers, ligoté à un arbre, expliqua Lisa. Vous pouvez faire quelque chose pour lui ? »

Le médecin s'installa dans un fauteuil, l'air las.

« Tutoie-moi, je t'en prie. J'ai déjà la tare d'être adulte, ne me fais pas me sentir plus différent encore ! Et mon prénom, c'est Sam ! »

Il dévisagea Lisa et Pierre tour à tour.

« Pour répondre à ta question, je ne peux pas grand-chose sans médicaments. Avec des antibiotiques, il serait sur pied en quelques jours. Mais sans...

– Sans ? répéta Pierre.

– Il a perdu beaucoup de forces. Je ne crois pas que son organisme pourra gagner tout seul.

– Des antibiotiques, hein ! Eh bien, c'est simple, on va chercher les antibiotiques, on revient, on les donne à Élias et il guérit. Un plan impeccable !

– Et on les trouve où ? s'énerva Lisa. Tu veux repartir à Saint-Martin ? J'imagine la joie des motards quand ils vont nous revoir après que nous ayons libéré le Doc... heu... Sam, je veux dire, ajouta-t-elle avec un regard pour le médecin.

– Et si on retournait à Commentray ? tenta Pierre, qui blêmissait en comprenant la gravité de la situation.

– Dans l'état où est Élias, il nous faudra au moins quatre ou cinq jours pour y arriver, répondit Lisa. Est-ce que ça irait, Sam ? »

Le médecin secoua la tête.

« Il lui reste moins de temps que ça. Beaucoup moins de temps.

– Alors quoi ? » cria Pierre.

Ne rien pouvoir faire le mettait en fureur. Il sortit en trombe de la pièce.

Lisa essayait de réfléchir.

« C'est quoi, les Nouveaux Territoires, Sam ? Qu'est-ce que les Bikers voulaient de toi ? »

Le médecin dévisagea Lisa sans répondre.

« Ils voulaient juste avoir leur médecin personnel, c'est ça ? insista la jeune fille. Je n'y crois pas ! Ces types ne sont pas du genre à s'occuper de leur petite santé...

– Ils espéraient que je leur trouverais de la drogue dans les pharmacies... finit par répondre Sam. Mais ce n'était pas le plus important. Ils étaient certains que je venais des Territoires... »

Sam passa la main sur ses yeux. Lisa regarda l'homme épuisé ; elle réalisa qu'il était toujours pieds nus. Il devait geler, avec son tee-shirt. Elle se leva, sortit une veste d'une armoire qu'elle avait fouillée le jour de leur arrivée et la lui tendit. Il l'enfila sans mot dire.

« Raconte-moi, Sam... » murmura Lisa.

Elle se sentait étrangement adulte face à cet homme désemparé. Il rendit les armes.

« D'accord. Écoute... »

Sur le pas de la porte de la maison, Pierre reniflait la nuit. Autrefois, ses amis se moquaient de lui ; pourtant, il n'y avait que comme ça que l'on comprenait vraiment cet univers qui renaissait chaque fois que le soleil se couchait.

Ses amis. Philippe. Maxime. Et ce crétin de Bertrand. Ça faisait longtemps...

Il réfléchissait. Il savait qu'Élias ne s'était pas glissé hors de son lit sans raison. Il connaissait le courage du garçon. S'il s'était enfui, c'est qu'on le poursuivait.

Pierre aimait la chasse. Respirant l'air nocturne à pleins poumons, il cherchait à détecter l'anormal, comme quand il traquait le gibier avec son père.

« Mon fils, l'est bien plus fort qu'un chien d'arrêt ! » répétait le vieux.

Derrière l'écurie, peut-être. Une fragrance particulière. Et les oiseaux étaient tous silencieux dans ce coin-là. Les chevaux, par contre, s'agitaient dans leurs boxes.

Derrière l'écurie, il en était certain.

En chasse ! Il s'enfonça dans la nuit.

Sam parlait d'une voix douce, monotone, presque sans intonations.

« Ce matin-là, je me suis réveillé dans notre maison de campagne. Il n'y avait plus personne. Ni ma femme, ni nos deux filles. Je me suis dit qu'elles étaient dehors ; souvent, Marie prenait son café sur la terrasse en surveillant les jumelles qui jouaient dans le jardin. Mais dehors, il n'y avait personne. Elles n'étaient pas parties au village, la voiture était encore garée devant la porte d'entrée.

Il respira à fond, pour se redonner le courage de revivre ce jour-là.

« Elles étaient peut-être en promenade, ça m'étonnait, mais d'un autre côté il faisait beau, et moi j'avais traîné au lit. J'ai décidé de partir à leur rencontre, sur le chemin qui descendait à l'étang près de chez nous. Évidemment, je n'ai trouvé personne. Je suis remonté et j'ai poussé jusqu'aux maisons voisines. Je commençais à être un peu inquiet. La première baraque était vide et toutes les autres aussi, d'ailleurs. »

Il pleurait, mais curieusement Lisa n'était pas gênée. Cela aurait pu être sa propre histoire.

« J'ai cherché comme un fou pendant des jours et des jours, sans jamais rencontrer personne. Je n'y comprenais rien. J'adorais Marie, on avait nos filles, je m'éclatais dans mon boulot et tout avait disparu d'un coup. Je me suis installé dans le village voisin, il restait pas mal à manger. J'ai fini par admettre que ma famille ne réapparaîtrait pas, mais il m'a fallu beaucoup plus longtemps avant d'avoir envie d'aller voir plus loin. »

Lisa jeta un coup d'œil vers la fenêtre. Où était passé Pierre ?

« J'ai pris la route, à cette époque on trouvait encore des provisions dans les fermes abandonnées. J'évitais les routes principales, je n'avais aucune envie de savoir s'il y avait d'autres survivants. Je suis resté seul plusieurs mois. Puis j'ai fini par comprendre que je n'étais pas le seul à avoir échappé à cette espèce de cataclysme auquel je ne comprenais rien. Je trouvais des traces de campement, j'entendais des cris, mais je fuyais tout contact. Sans Marie et les filles, la compagnie des hommes ne m'intéressait plus. »

Il essuya machinalement ses joues.

« Et puis un jour, j'ai découvert le Dôme... »

Un cri, brutal et soudain, déchira la nuit. Lisa bondit sur ses pieds.

« Pierre ! »

Elle se rua dehors, le médecin sur ses talons.

Pierre savait se rendre invisible. Il profitait du moindre recoin, se plaquait derrière les arbres, échappait à la lueur de la pleine lune.

Il atteignit les écuries, entra dans le premier box. Après toutes les heures passées en compagnie des chevaux, il connaissait parfaitement la disposition des lieux. D'une caresse sur l'encolure, il calma la jument. C'était un autre de ses dons : en sa présence, les animaux semblaient s'apaiser.

Au fond de la stalle, une lucarne ouvrait sur l'arrière de l'écurie. Pierre escalada la mangeoire pleine de fourrage et repoussa doucement le carreau. D'un rétablissement, il se hissa sur le toit. Il resta accroupi un instant, attendant que ses yeux s'accoutument à l'obscurité.

Il avait eu de la chance. Celui qu'il cherchait était là, recroquevillé derrière un buisson, deux mètres plus bas. Lui aussi connaissait la nuit, mais Pierre était encore meilleur.

D'un coup de rein, il se jeta du toit et tomba de tout son poids sur l'ombre. L'autre poussa un cri strident, tenta de se relever. Il réussit à faire quelques mètres, mais sa cheville se déroba. Déjà, Pierre était sur lui, le plaquant au sol de tout son poids. Son adversaire était résistant ; il tâtonna à la recherche d'une pierre, décidé à assommer l'inconnu.

Il était prêt à frapper quand le faisceau d'une lampe de poche les éclaira tous les deux.

« Arrêtez ! » cria Lisa, tandis que le médecin se précipitait pour aider Pierre à maîtriser l'inconnu.

Ils le retournèrent sur le dos. Lisa se rapprocha, braquant la torche sur le visage du garçon à terre.

Impossible de se tromper, malgré les vêtements en lambeaux et les sandales informes, malgré les cheveux hirsutes, malgré le visage maculé de boue.

Elle poussa un gémissement.

« C'est François ! C'est mon frère ! »

Les démons m'ont attaché sur ce lit. Les deux d'avant, et un autre que je n'avais jamais vu. Celui-là s'approche de moi, il m'examine, il m'ouvre la bouche, il me palpe le ventre.

J'ai manqué ma chance, quand je les ai laissés sortir du souterrain ; et encore une fois quand je n'ai pas vérifié s'ils étaient bien prisonniers de l'école. C'est de ma faute. Les voix me guidaient, les voix me conseillaient, et pourtant j'ai échoué. Maintenant, ils vont envahir la Terre et personne ne pourra les arrêter.

La fille s'approche, elle me parle.

« François, c'est moi, Lisa. Ta sœur ! »

Je ne dis rien. Il ne faut pas que je trahisse les voix dans ma tête.

Elle parle à l'adulte :

« Comment est-ce qu'il va ?

– Physiquement, tout fonctionne... Pour le reste... tu vois toi-même ! »

Cette fille, c'est celle de la plage. Celle de la balade en forêt. Je l'ai vue des dizaines de fois en rêve. Elle fouille dans un sac. C'est une photo. Elle me la montre. Je ferme les yeux, de toutes mes forces. J'ai peur de regarder.

Sa voix est douce, elle me rassure. J'entrouvre les paupières, lentement.

C'est une maison. Un jardin devant une maison. Je reconnais ce garçon vêtu d'un tee-shirt blanc et d'un short qui sourit au photographe. Il n'a pas peur, il est en pleine forme, il ne connaît ni la faim ni le froid, mais c'est bien moi.

À côté, il y a la fille. Les yeux pâles, les longs cheveux bruns.

« Lisa », je parviens enfin à articuler.

J'éclate en sanglots.

L'état d'Élias laissait peu de temps pour les explications ; ils verraient en chemin. Pierre avait repéré une charrette dans la grange ; bien entendu, il n'ignorait rien de l'art d'atteler un cheval.

Pierre sauta à bord, puis Lisa et François allongèrent le blessé à l'arrière et s'installèrent à ses côtés. Enfin, le médecin se glissa près de Pierre sur le banc du cocher.

Le Dôme... Il avait refusé d'en dire plus, mais il en était certain : là-bas, ils trouveraient les médicaments dont Élias avait besoin. La route passait par Saint-Martin, mais il savait comment couper par la forêt pour éviter de rencontrer les Bikers.

Ils se mirent en route à la lumière de la lune. Le médecin guidait Pierre par de simples indications : « À gauche... À droite ». Il leur avait assuré qu'il faudrait moins de quatre heures pour atteindre leur destination.

Derrière, Lisa veillait sur Élias, souffrant pour lui à chaque fois qu'un cahot du chemin faisait tressauter son corps fiévreux. Elle essaya de lui faire boire quelques gouttes d'eau et caressa son front brûlant. Elle ne pouvait rien faire de plus.

Elle s'appuya sur le garde-corps. Tapi dans un angle, François l'épiait. Il n'avait pas dit un mot depuis qu'il avait grimpé dans la charrette. Au moins, il ne cherchait pas à s'enfuir.

« Je ne peux pas croire que ce soit toi... »

François se tordait les mains, en proie à une violente angoisse.

« Je me suis perdu... Où sont papa et maman ? Où est la maison ? Je ne reconnais rien ! »

Elle s'approcha de lui, posa la main sur son front. Il ne se déroba pas.

« Je t'expliquerai... plus tard. Il faut te reposer, tu dois essayer de dormir. »

Un peu apaisé, il s'allongea et ferma les yeux. Lisa

l'observa tandis qu'il s'endormait. Quel enfer avait-il traversé ?

À son tour, la jeune fille sombra dans un sommeil agité. Quand elle se réveilla, son frère, penché vers elle, la dévisageait...

« Je me souviens, Lisa... »

Elle se redressa brusquement.

« C'est comme si je sortais d'un long brouillard... J'ai vécu comme un animal... rôdant autour des campements, volant de la nourriture, dormant dans des trous infâmes. »

Il bafouillait, cherchait ses mots.

« Mais le matin de la Disparition ? Où étais-tu ?

– Je n'en sais rien ! J'avais l'impression d'avoir toujours vécu ainsi. Il y avait ces voix qui parlaient dans ma tête. Elles me disaient que les démons avaient chassé les hommes de la surface de la Terre... que tous les survivants étaient mauvais, qu'il fallait les détruire. Je me souviens d'un souterrain, d'une école, du feu. »

Désemparé, il inspira profondément l'air humide de la nuit.

« Je crois que j'ai fait d'énormes bêtises...

– Tu n'étais pas toi-même, François... »

Lisa avait compris que son frère était l'inconnu qui les avait enfermés, Élias et elle, dans les souterrains de l'hôpital, espérant les condamner à mourir de faim et de soif. C'était aussi lui qui avait bloqué la porte de l'école et déclenché l'incendie fatal.

Mais il était inutile de lui révéler tout cela maintenant. François venait de revenir à la réalité. Il était trop fragile pour supporter la vérité, pour accepter la responsabilité de ses fautes. Ils auraient le temps, plus tard.

Après une quinzaine de kilomètres, ils s'engagèrent dans une allée qui pénétrait au cœur de la forêt. Ils avançaient dans la pénombre, privés de la lumière de la lune par la voûte des arbres.

Soudain, Sam empoigna les rênes et tira brutalement sur la bouche du cheval, immobilisant aussitôt la charrette. Puis il sauta à terre.

« C'est ici que je m'arrête. Vous trouverez le Dôme plus loin devant.

– Tu ne viens pas avec nous ? s'exclama Lisa.

– Le Dôme, ou plutôt les Nouveaux Territoires, comme ils disent... reprit-il sans répondre à la question.

– Sam ! Tu dois nous en dire plus !

– Une colonie, un royaume, un camp, appelle ça comme tu veux. Avec des rues, des maisons. Des boutiques et des ateliers. Comme avant. Avant le cataclysme.

– C'est là que tu vivais avant d'être capturé par les Bikers ?

– Oui, sous le Dôme... Vous m'avez sauvé, moi je vous ai conduits jusqu'ici. Nous sommes quittes.

– Continue avec nous, alors...

– Tu ne comprends pas, Lisa... Vous ne comprenez pas... »

Il approcha le visage tout prêt de celui de Lisa. Ses yeux étaient vides.

« Je ne suis pas parti des Nouveaux Territoires. Je m'en suis échappé ! »

Sans ajouter un mot, Sam s'éloigna et disparut dans le sous-bois.

7

D'UN COMMUN ACCORD, les voyageurs décidèrent de faire une halte avant de continuer. Sans le médecin pour les guider, mieux valait attendre le lever du soleil.

Ils engagèrent la charrette dans un chemin de traverse, dételèrent le cheval et dînèrent de leurs maigres provisions. À tour de rôle, François, Pierre et Lisa essayèrent de prendre un peu de repos, mais ils étaient constamment réveillés par les râles d'Élias.

À l'aube, ils purent se remettre en route. La forêt s'étendait à perte de vue. Ils pénétrèrent dans des sous-bois inextricables, saisis par la beauté de la brume que les premiers rayons du soleil faisaient monter du sol, mais le cœur noué par la terrible appréhension que cette journée serait peut-être la dernière d'Élias.

Ils cheminèrent une heure sans parler, plongés dans leurs pensées, menant la charrette ou marchant à ses côtés. Pierre s'exclama soudain :

« Regardez ! »

Aussi loin que portait leur regard, une gigantesque coupole transparente recouvrait la forêt.

« Le Dôme... » pensa Lisa en se remémorant les paroles de Sam. Ils avaient atteint leur but.

Le chemin les conduisit droit vers l'entrée, un grand porche découpé dans la paroi. L'accès était gardé par deux adolescents qui tentaient de se réchauffer aux flammes d'un feu de bois.

Sur le bas-côté, ils remarquèrent un panneau défraîchi qui portait les mots : « NATURE CENTER »

« Je suis déjà venu ici... murmura Pierre. Avant la Disparition.

– C'est quoi, cet endroit ? demanda François sur le même ton.

– Un centre de vacances pour les citadins stressés. Ils conservaient un climat constant grâce au toit en verre et à d'énormes chaufferies... Avec mes parents, on avait gagné un séjour d'une semaine. »

L'un des gardiens s'approcha.

« Bienvenue aux Nouveaux Territoires... Pas d'Ads avec vous ? »

Ils haussèrent les épaules en signe d'incompréhension. L'autre fit le tour le la charrette.

« C'est bon... reprit-il. Attendez ici. »

Son coéquipier jeta une brassée de foin séché sur le feu. Aussitôt, une épaisse colonne de fumée blanche s'éleva vers le ciel.

Quelques minutes plus tard, un adolescent surgit du chemin qui menait à l'intérieur du Dôme. Il avait des biceps impressionnants, complaisamment exposés par son tee-shirt sans manches, et portait un brassard vert enroulé autour du poignet.

Le garçon qui avait inspecté la charrette lui glissa quelques mots à l'oreille. Le nouveau venu jeta un coup d'œil à Élias.

« Il m'a l'air en mauvais état. Allez à l'hospice, dans la Grande Rue. Après, vous vous trouverez un endroit pour vous installer. Et puis, vous viendrez me voir à la Tour. Si je n'y suis pas, demandez Draco. »

Il tourna les talons ; le garde leur fit signe d'avancer.

Les voyageurs franchirent le porche. Pierre menait le cheval à pied. Encore cent mètres et un coude du chemin leur révéla les premières maisons.

Les anciens bungalows du centre étaient intacts. Mieux, ils étaient parfaitement entretenus, certains repeints de frais. De chaque côté du chemin, ils s'étendaient vers l'intérieur de la forêt, desservis par un réseau de petits sentiers.

Ils découvrirent d'autres bâtiments à mesure qu'ils progressaient vers le centre du village. Une boutique – une jeune fille leur fit un signe de la main depuis l'intérieur ; une écurie, où un adolescent musclé maniait la paille à grands coups de fourche ; une forge artisanale, à en juger par le brasier qui rougeoyait les murs.

Partout, des enfants parcouraient les rues de ce village à l'allure médiévale sans prêter attention aux nouveaux venus. Mais deux jeunes garçons aux cheveux noirs sortirent d'une maison et se précipitèrent à leur rencontre.

« Des externes ! Des externes ! »

Ils tournaient autour de la charrette en riant.

« C'est comment, dehors ? C'est vrai qu'il fait si

chaud que les semelles des chaussures brûlent quand on marche ? cria l'un.

– Mais non, protesta l'autre, encore plus fort. Tout est glacé, la neige monte jusqu'en haut des arbres ! »

Éberlués, les trois amis ne savaient que répondre.

« Ça suffit ! Rentrez, maintenant ! »

Une jeune fille venait d'apparaître sur le seuil de l'une des maisons. Elle pouvait avoir l'âge de Lisa. Pierre s'approcha.

« Excuse-les, fit la jeune fille. On doit leur raconter des choses terribles pour qu'ils n'aient pas envie de sortir...

– Je m'appelle Pierre. Notre ami est malade. À l'entrée, on nous a dit d'aller à l'hospice. »

La jeune fille fit quelques pas jusqu'à la charrette et jeta un coup d'œil à Élias. Le garçon n'avait pas ouvert les yeux depuis le matin.

« Suivez-moi. Je vais vous y conduire. »

Ensemble, ils remontèrent la rue principale.

« Vous êtes là depuis la Disparition ? fit Pierre.

– La Disparition ? Vous voulez dire la Séparation ?

– La Séparation ?

– Vous savez bien ! Quand les Ads ont été condamnés ! »

Pierre n'insista pas.

« Nous étions perdus... et IL nous a réunis, reprit la jeune fille.

– IL ? Qui ça, IL ?

– Notre guide ! Kito. »

La jeune fille montra du doigt un long bâtiment de deux étages.

« Voilà l'hospice. Vous êtes arrivés. »

Elle s'éloigna. François et Pierre tirèrent Élias de l'arrière de la charrette et le soutinrent jusqu'à l'intérieur de l'hôpital. Lisa fermait la marche.

Un garçon vêtu d'une blouse d'infirmier les accueillit et les aida à allonger le malade sur une table recouverte d'un drap. Il n'avait pas plus de treize ans ; comment allait-il pouvoir aider Élias ?

« Vous savez ce qu'il a ? furent ses premiers mots.

– Pneumonie, je crois », répondit Lisa, répétant le diagnostic du médecin.

L'infirmier disparut derrière une porte. Ils entendirent le bruit de plusieurs serrures que l'on déverrouille, puis un conciliabule à voix basse. Enfin, le garçon refit son apparition.

« Quel crétin, cet Ad ! Il n'a toujours pas compris qu'il n'a qu'à obéir », marmonna-t-il pour lui-même.

Il se dirigea vers une armoire métallique qu'il ouvrit à l'aide d'une clé accrochée à sa ceinture par une longue chaîne. Il choisit une boîte et la tendit à Lisa.

« Voilà. Les instructions sont à l'intérieur. Et attention à ne pas dépasser la dose prescrite, comme on dit », ajouta-t-il en souriant, comme s'il venait de faire une bonne plaisanterie.

Se désintéressant d'eux, il se planta devant une fenêtre et se plongea dans la contemplation de la forêt.

« Excuse-moi, fit Lisa d'une voix douce.

– Quoi encore ?

– Nous venons d'arriver et...

– Je le vois bien ! Vous avez une de ces allures !

– Tu sais où nous pourrions nous installer ? » poursuivit-elle en ignorant la remarque désobligeante.

Il réfléchit un instant.

« Derrière l'hospice, au bout du sentier de la Nouvelle Vie ; je crois qu'il reste un bung de libre. Ils ont dégagé un Vingt la semaine dernière. »

Une fois encore, ils ne cherchèrent pas à percer le mystère des paroles de leur interlocuteur. Seul comptait Élias, l'installer confortablement, commencer le traitement.

Ils trouvèrent la maison sans difficulté. Un petit escalier menait à une véranda ; la porte n'était pas fermée à clé. Une grande pièce, deux chambres. La sécurité.

8

« IL NOUS FAUT DE QUOI MANGER. Je vais faire un tour. »

François sortit du bung. Il avait besoin de rester seul, de trouver un sens à ces longs mois de cauchemars. Sans hésiter, il se dirigea vers le magasin qu'ils avaient repéré quelques heures plus tôt en remontant la rue principale du village.

« Alors, bien installés ? » fit une voix derrière lui.

La jeune fille qui les avait guidés jusqu'à l'hospice lui souriait.

« Tu es un peu perdu, j'imagine ?

– C'est-à-dire que... oui ! grimaça François. Comment est-ce qu'on trouve de la nourriture, ici ? Je veux dire... j'ai vu une boutique, mais est-ce que vous utilisez l'argent d'avant ? »

La jeune fille partit d'un grand éclat de rire.

« Sûrement pas ! Ici, on essaie de se débarrasser de tout ce qui a amené ce monde à la Séparation. Kito nous le dit souvent : pas question de recommencer les mêmes erreurs.

– Tu penses que c'est l'argent qui a provoqué la Disparition ?

– Non, ce n'est pas si simple, bien sûr. C'est toute la façon de vivre des Ads qui a été condamnée.

– Attends, attends ! Je n'y comprends rien. C'est quoi, ces Ads ? »

Elle le regarda comme s'il avait trois ans d'âge mental.

« Tu ne sais pas ça non plus ? Je sais que tu viens de l'Extérieur, mais quand même ! Les Ads, ce sont les adultes ! Ce sont eux qui ont mené le monde à la catastrophe ; le jour de la Séparation, ils ont été punis, renvoyés ! »

François la dévisagea, incrédule : elle était mignonne avec sa robe d'été, son chignon relevé haut sur la nuque, ses pommettes accentuées. Mignonne, mais complètement allumée !

« Kito dit qu'ils sont prisonniers quelque part, qu'une partie de la planète a été réservée pour eux.

– Il en sait des choses, ton Kito !

– C'est notre guide ! » s'exclama-t-elle, sans comprendre l'ironie.

Il préféra revenir à des sujets plus quotidiens.

« Pas d'argent, donc ! Et comment je mange, alors ?

– On désigne un travail à tous ceux qui habitent dans les Territoires. En échange, ils reçoivent de quoi vivre.

– On ? Qui ça, On ?

– Tu ferais bien d'aller à la Tour. Là-bas, ils t'expliqueront tout. Tu n'as qu'à remonter la Grande Rue. À propos, je m'appelle Luna », ajouta-t-elle.

Il la regarda s'éloigner.

« Complètement allumée, c'est sûr ! Mais mignonne ! » murmura-t-il pour lui-même.

La Tour était une construction métallique d'une trentaine de mètres de hauteur, soit, calcula le garçon, une dizaine d'étages. Le sommet était intégralement occupé par un restaurant et offrait un panorama splendide sur la forêt. Les étages inférieurs du bâtiment étaient autrefois réservés à l'accueil des vacanciers et à l'administration du centre de vacances.

Draco était assis derrière un bureau, le dévisageant avec impatience comme il franchissait le seuil.

« Je t'attendais ! Vous êtes quatre, c'est ça ? »

François hocha la tête.

Draco jeta un rapide coup d'œil à la feuille posée sur le bureau.

« Bien... La fille ira avec les patrouilles. Toi et ton copain en bonne santé, je vous envoie à la Réserve... »

François tenta une question.

« C'est quoi, la Réserve ?

– Tu verras quand tu y seras, mon gars... Tu la trouveras à l'arrière du village.

– Et mon ami malade ?

– Il a deux semaines pour se remettre sur pied. On verra ce qu'il fera à ce moment-là...

– Et s'il est toujours malade ? »

Un éclair de plaisir passa dans les yeux du garçon.

« Dehors ! Pas de place pour les faibles dans les Nouveaux Territoires. Parole de Kito !

– Je peux le rencontrer ?

– Qui ça ? Kito ? Tu plaisantes, mon gars ! L'a pas le temps de voir chaque paumé qui débarque ! L'a plus important à faire ! Si tu veux le voir, fais comme les autres : tous les cinquièmes au Forum, à neuf heures.

– Les cinquièmes ?

– Tu pars de loin, mon gars ! Tous les cinquièmes jours de la semaine.

– Vendredi ?

– C'est ça, vendredi. Sauf que, maintenant, on dit cinquième. Allez, j'ai du boulot, dégage. Vous pouvez souffler aujourd'hui, mais je vous veux à vos postes demain matin ! »

Du boulot ? François avait plutôt l'impression que Draco passait ses journées à attendre qu'une visite lui donne l'occasion de montrer son importance.

« Et c'est tout ? Je peux aller chercher à manger à la boutique ? Tu ne me donnes pas un papier, un badge, quelque chose ?

– Et pourquoi tu veux que je te donne un papier, mon gars ? On vous surveille tous, c'est plus simple, non ? »

François se retrouva dans la Grande Rue, éberlué. Kito. La Réserve. Les patrouilles.

Mais qu'est-ce que c'était que ce délire ?

La jeune fille qui tenait la boutique les avait servis sans problèmes. Ils avaient pu manger et Élias dormait paisiblement dans une chambre. Peut-être les médicaments commençaient-ils à faire leur effet...

Assis sous la véranda malgré le froid, Lisa, Pierre et

François observaient le jour qui déclinait sur la forêt. Partout dans le village, on allumait des feux de camp, qui projetaient un ballet d'ombres sur les maisons en bois.

La journée avait été longue et cet endroit était étrange. Mais ils s'y sentaient en sécurité. Pour la première fois depuis la Disparition, ils faisaient à nouveau partie d'une communauté. Avec son organisation, ses règles, ses chefs.

Après tous ces mois à ne devoir compter que sur eux-mêmes, à ne jamais savoir de quoi le lendemain serait fait, à lutter chaque jour pour trouver nourriture et refuge, ils ressentaient un réel soulagement à être enfin pris en charge. Bien sûr, le Dôme recelait certainement bien des mystères, mais, malgré ses manières brusques et son comportement de petit chef, ils étaient reconnaissants à ce Draco de les avoir accueillis aussi facilement.

Une bonne nuit de sommeil, et ils seraient d'attaque pour explorer ces Nouveaux Territoires.

Il était encore tôt quand Lisa découvrit que le quartier général de la sécurité était installé dans l'ancien gymnase du centre de vacances. On lui remit un brassard et on lui assigna un équipier, un garçonnet d'une dizaine d'années, chétif et peureux.

La responsable des patrouilles, une fille agressive et intimidante, leur assigna leur mission :

« Vérification du Dôme. Vous faites le tour complet, vous relevez le moindre dégât et vous déterminez si c'est un accident ou si un externe s'est introduit. Vous relevez l'endroit précis pour qu'on envoie la maintenance. »

Lisa osa une question.

« Je ne comprends pas... Nous sommes entrés librement, mes amis et moi... Pourquoi s'introduire en cachette ? »

La fille la toisa.

« Certains voudraient bien profiter des Territoires, mais sans accepter nos règles. Ils essaient de voler de la nourriture...

– Et si vous les repérez ?

– Si nous les repérons ? Ils ne reviennent plus, tu peux en être certaine... »

Elle tourna les talons.

Le nouveau partenaire de Lisa avait obstinément gardé la tête baissée pendant toute la conversation, comme un mauvais élève pris en faute. La jeune fille soupira, puis secoua légèrement la tête. Cet endroit ressemblait plus à un camp militaire qu'à un centre de vacances ; mais la guérison d'Élias était à ce prix.

Pendant une heure, ils cheminèrent en silence, suivant le sentier qui longeait le côté intérieur de la paroi transparente du Dôme. De loin en loin, ils découvraient des champs cultivés, des animaux qui pâturaient et, parfois, un groupe d'enfants au travail.

Plusieurs fois, Lisa tenta d'engager la conversation avec son compagnon, en vain. Le garçonnet ne quittait pas le mur des yeux, à l'affût du moindre défaut. Lisa se demandait pourquoi ils envoyaient deux personnes là où une seule suffisait ; peut-être simplement parce que chacun des deux surveillait le travail de l'autre.

Enfin, elle se jeta sur un tapis de feuilles mortes.

« Bon, moi, je fais une pause ! »

Le garçon continua quelques mètres, hésita, puis, comme à contrecœur, revint vers Lisa. Il s'assit à deux bons mètres de la jeune fille, comme pour décourager toute idée de discussion.

Elle fit une nouvelle tentative.

« Nous sommes seuls, ici. Personne ne peut nous entendre et moi, je viens d'arriver. J'ai besoin qu'on m'explique... Dis-moi au moins ton nom... »

L'enfant hésita un long moment.

« Luc... » finit-il par murmurer.

Lisa eut l'impression que c'était le premier mot qu'il prononçait depuis des semaines.

« Tu es ici avec ta famille ? »

Il eut un mouvement de dénégation.

« Tu t'es retrouvé tout seul après la Disparition ? Je veux dire, après la Séparation ? C'est ça ? »

Il secoua la tête à nouveau.

« J'étais avec Vincent.

– C'est qui, Vincent ? Ton copain ? Ton frère ?

– Mon frère. Il est devenu Vingt. Il est terminé. »

C'était la deuxième fois que Lisa entendait désigner quelqu'un ainsi.

« Vingt ? C'est quoi, être un Vingt ?

– Tu sais bien... Quand on passe de l'autre côté. Du côté des Ads.

– Mais Vingt quoi, Luc ?

– Vingt ans, bien sûr ! Quand tu as vingt ans, tu es terminé, alors tu disparais ! »

Il bondit sur ses pieds. Lisa savait qu'il voulait lui cacher ses larmes. On était fort, dans les Nouveaux Territoires ; on ne pleurait pas.

Ils reprirent leur ronde. Lisa renonça à interroger encore le gamin. Elle commençait à comprendre.

Le garde à l'entrée leur avait demandé s'il y avait un Ad avec eux. Un adulte, bien sûr. Ils n'avaient pas droit de cité dans les Territoires. La Séparation, c'était les enfants d'un côté et les parents de l'autre.

Plongée dans ses pensées, elle négligeait d'examiner la paroi de verre.

Mais ça ne suffisait pas, bien sûr. Dans ce nouveau monde, les enfants continuaient à grandir. Et quand ils avaient vingt ans, quelqu'un avait décidé que c'était fini. Terminé, comme avait dit Luc. On passait du côté des adultes. Des ennemis. Et on quittait le Dôme.

Ou, pire encore, on disparaissait.

Pierre avait donné rendez-vous à François à la Réserve. Mais auparavant, il avait un pèlerinage à faire.

Il prit un sentier qui démarrait près du bung. Une dizaine de pas suffirent pour qu'il dépasse les dernières maisons et s'enfonce profondément entre les arbres. Cela faisait quoi… cinq ans, peut-être, et pourtant il retrouvait chaque détail de la forêt comme si c'était hier.

Apparemment, plus personne ne venait de ce côté ; le sentier devint de moins en moins bien dessiné, avant de disparaître complètement. Mais il continuait sans hésiter, trouvant son chemin à quelques signes invisibles pour tout autre que lui.

Enfin, la forêt s'éclaircit. Il était tout proche.

Il déboucha en pleine lumière et découvrit l'étang qui miroitait dans le soleil de ce début d'après-midi. La surface immobile n'était troublée que par quelques canards. Il remarqua que la grève avait été envahie par la forêt : par endroit, les arbres étaient si proches que leurs branches plongeaient dans l'eau.

Il contourna le lac jusqu'à son extrémité la plus éloignée. Là partait un nouveau sentier qui le conduisit à une clairière.

Il s'approcha du plus grand arbre, un chêne dont les branches semblaient avoir été taillées sur mesure. Était-il possible que... ?

En quelques secondes, il fut à mi-hauteur du grand arbre. La cabane était là, telle que son père et lui l'avaient construite pendant la semaine de vacances qu'ils avaient passée ici.

Ils avaient fait du bon travail : la plate-forme de bois n'avait pas bougé. Il s'assit sur le rebord, laissant pendre ses jambes dans le vide. Il ferma les yeux et crut entendre sa mère :

« Ne te penche pas, Pierre ! »

Elle avait toujours peur pour lui. Elle l'aimait, tout simplement.

C'était ici, dans cette forêt, que son père lui avait appris à construire sa première cabane. Pour une fois, il avait du temps, loin de la ferme et de ses travaux incessants. Puis ils s'étaient assis tous les deux et son père lui avait raconté des souvenirs de sa propre enfance. De son propre père.

Aujourd'hui encore, Pierre pouvait redire mot à mot chaque phrase que son père avait prononcée. Combien de fois, depuis la Disparition, se les était-il répétées à voix basse, simplement pour pouvoir s'endormir les soirs où la solitude et la tristesse envahissaient tout ?

Il se força à sortir de la torpeur qui l'avait envahi et sauta au sol. Il était temps de retrouver François. Ses amis avaient besoin de lui.

« À l'arrière du village », avait dit le gros baraqué. Pierre ne mit pas longtemps à trouver l'enclos grillagé, surmonté de fil de fer barbelé, qui ceinturait la Réserve, une trentaine de tentes de toile installées au centre d'une clairière d'où l'herbe avait disparu à force d'être piétinée. François l'attendait déjà.

Ils eurent droit à quelques explications rapides :

« Chacun a sa spécialité. S'il faut réparer, soit on apporte le matériel ici, soit il faut les escorter sur place. Dans ce cas-là, c'est chaînes obligatoires, trois au minimum, bien équipés ! »

Il tendit à chacun une batte de base-ball.

« Certains sortent de la Réserve tous les matins. On les enferme là où ils bossent et on retourne les chercher le soir. Compris ? »

Tous deux hochèrent la tête. Pourtant, ils ne faisaient encore que pressentir la vérité.

« Pour l'instant, vous restez de garde ici », lança l'autre en s'éloignant déjà.

Le camp de toile était tranquille. Qui que soient les mystérieux occupants des tentes, ils ne semblaient pas vouloir sortir.

Ils n'eurent pas longtemps à s'interroger. Un nouveau venu s'approchait, vêtu d'un bleu de travail qui, manifestement, avait appartenu autrefois à un adulte, à en juger par les manches et les jambes retroussées.

« Panne de flotte, annonça-t-il sans autre forme de salutations. J'emmène le plombier. »

Il les dévisagea l'un après l'autre.

« Vous êtes nouveaux ? Vous feriez mieux d'appeler Max ! »

Il fit un signe de la main.

« Pas la peine, le voilà ! Il me faut le plombier, Max, reprit-il dès que le surveillant en chef les eut rejoints. En super urgence : ça déborde de partout. »

Max frappa la porte grillagée de l'enclos avec sa batte de base-ball.

« Maingeon ! À la porte ! »

Rien ne bougea.

« Maingeon ! À la porte, et tout de suite, si tu veux bouffer ce soir ! »

Enfin, une forme s'agita dans une tente et une tête apparut par l'ouverture.

Les cheveux étaient gris et descendaient jusqu'aux épaules. Le visage était mangé par la barbe, qui ne laissait entrevoir que deux yeux rougis et cernés.

Un adulte ! Le deuxième que voyaient François et Pierre depuis la Disparition !

L'homme avança d'un pas traînant jusqu'à la grille. Max le fit sortir avec précaution et entrava aussitôt ses chevilles à l'aide d'une grosse chaîne.

« OK, on y va ! »

Ils escortèrent l'homme fatigué. Toutes ces précautions semblaient bien inutiles à Pierre, car le prisonnier semblait incapable de prendre la fuite. Mais pour quel crime avait-il été emprisonné ?

Ils arrivèrent devant un bungalow.

« OK, Maingeon, au travail ! fit Max. Vous deux, ajouta-t-il, vous le récupérez quand il a terminé et vous le ramenez à la Réserve. Et ne vous laissez pas impressionner par cet Ad ! C'est un roublard ! »

François et Pierre s'assirent sur les marches, essayant de digérer ce qu'ils venaient d'apprendre. Il fallait qu'ils parlent à Lisa !

9

ILS DÎNÈRENT DE SANDWICHES sur les marches de la véranda. Pain, jambon, tomates : la production agricole avait bien redémarré dans les Nouveaux Territoires.

Quelques minutes plus tôt, Élias avait repris conscience, et il avait même pu avaler un peu de nourriture. Lisa savait à quoi le garçon avait résisté pendant ses années de captivité dans les souterrains de Commentray : elle était certaine qu'à présent il allait vite se rétablir.

« On récapitule, commença la jeune fille. Ils gardent prisonniers quelques adultes, parce qu'ils ont besoin d'eux...

— Tu te souviens, à l'hospice, fit son frère, quand le type est sorti de la pièce avant de nous donner le médicament ? Je crois qu'il est allé interroger un médecin enfermé dans l'arrière-boutique...

— Ils ont beau détester les adultes, ils ne peuvent pas s'en tirer entièrement seuls s'ils veulent reconstruire une ville. Au moins au début ; ils finiront par en apprendre assez à force de les regarder travailler.

– Mais ils se débarrassent de tous ceux qui atteignent vingt ans ! s'exclama Lisa. Où est la logique ?

– Ce Kito veut une société sans adultes ! Il dit que tout allait mal quand ils étaient encore là ! Que la Disparition, c'est une chance de redémarrer la vie sur Terre sans eux. À la manière des enfants. »

Ils se turent un instant, plongés dans les mêmes pensées. Guerres. Famine. Injustice. On ne pouvait pas dire que le bilan des adultes qui avaient gouverné le monde avait été particulièrement brillant. Catastrophique, plutôt.

« Mais ils les gardent en cage ! Enchaînés ! C'est dingue ! fit Pierre.

– Je me demande... commença la jeune fille. Kito...

– Eh bien ? fit Pierre.

– Lui aussi, il sera un Vingt, un jour. Comment est-ce qu'il compte s'en tirer ? »

Les deux garçons la regardèrent, frappés par l'évidence de ce qu'elle venait de dire. Puis François se releva.

« On va peut-être pouvoir en apprendre plus... On est le cinquième, non ?

– Exact, répondit Pierre. Pile le cinquième !

– Bien... si on allait voir ce fameux Forum ? »

Ils s'éloignèrent du bung, heureux d'être ensemble. Une voix les interpella :

« Et alors ! On me laisse tomber ? »

Élias était là, debout dans l'encadrement de la porte, souriant malgré ses traits tirés.

« Vous alliez faire la fête, c'est ça ? Et moi, je garde la maison ? »

Lisa se précipita.

« Qu'est-ce que tu fais debout ? Espèce d'idiot ! le gronda-t-elle, mais l'éclat de ses yeux démentait la sévérité de sa voix.

– Ras le bol, d'être au pieu... On bouge... Oh ! Oh ! un nouveau venu...

– Élias... C'est François... mon frère.

– Ah oui... On se connaît, non ? La dernière fois qu'on s'est vus, j'étais allongé par terre et tu me regardais du haut d'une fenêtre... »

Il secoua la tête.

« C'est dingue, non ? Je crois même que tu voulais me tuer... »

Pierre s'interposa :

« Laisse, il ne savait pas ce qu'il faisait. Il délirait, depuis la Disparition.

– Et maintenant, vous êtes sûr qu'il va bien ? fit Élias, plus détendu.

– Je suis le frère de Lisa, bon sang ! cria François. Pour vouloir faire du mal à ma propre sœur, il fallait vraiment que je sois à côté de la plaque, non ? »

L'argument porta.

« Assieds-toi, Élias, poursuivit François, parce que je vais tout te déballer. Je profite que tu sois encore trop faible pour me frapper », ajouta-t-il avec un sourire.

Élias sortit de la maison et, à petits pas, vint s'asseoir sur les marches de la véranda. Lisa le rejoignit et passa un bras autour de ses épaules. Un peu à l'écart, Pierre les observait.

En quelques phrases précises, François raconta comment il les avait guettés dans le souterrain, et son rôle dans l'incendie de l'école.

« Voilà, conclut-il, tu sais tout ! »

Parler lui avait fait du bien, même si, pendant quelques minutes, il avait dû replonger dans un monde de ténèbres.

La réaction d'Élias fut celle que Lisa attendait.

« Ce n'était pas toi. Et, dans ce nouveau monde, il n'y a plus ni juges ni policiers. Chacun s'arrange avec lui-même. »

Il se releva en prenant appui sur Lisa.

« Bon, vous parliez d'aller au Forum... Vous me raconterez en route les épisodes que j'ai ratés ? »

Les gradins, construits en demi-cercle, descendaient vers la scène. Autrefois, le Forum devait servir de salle de spectacle en plein air ; une centaine de personnes pouvaient certainement s'y installer confortablement, et ce soir-là il était presque rempli.

Des torches assuraient un éclairage passable, à peine suffisant pour distinguer l'ombre qui se tenait immobile à l'arrière du plateau.

Les quatre amis parvinrent à trouver quatre sièges côte à côte sur la dernière rangée, la plus en hauteur. Çà et là, ils reconnaissaient certains villageois qu'ils avaient croisés dans la journée. Près de la scène, Pierre remarqua Draco qui patrouillait, à l'affût du moindre incident.

On sentait l'impatience monter parmi les spectateurs. Les conversations à voix basse formaient un bourdonnement ininterrompu.

L'ombre sur la scène fit un pas en avant, apparaissant dans la lumière des torches.

Les cheveux étaient ce que l'on remarquait d'abord : le garçon était blond, si blond que sa chevelure, qui descendait jusqu'aux épaules, semblait irradier dans la nuit. Sa peau était pâle, d'une blancheur presque maladive, et le tour des yeux était accentué par des cernes noirs. Il était grand, mince, presque frêle. Il pouvait avoir seize ou dix-sept ans, mais, à la vérité, son âge était presque indéfinissable car, sur son visage, traits enfantins et expressions de dureté se mêlaient.

« Qui sommes nous ? hurla-t-il soudain.

– Les Élus ! cria à l'unisson la foule sur les gradins.

– Que construisons-nous ?

– Les Nouveaux Territoires ! » braillèrent les spectateurs, encore plus fort.

Le garçon à la chevelure de neige avança jusqu'au bord de la scène et leva les bras vers le ciel.

« Qui sont nos ennemis ?

– Les Ads ! »

Éberluée, Lisa regarda garçons et filles qui s'étaient dressés et qui criaient, les bras levés eux aussi.

« C'est sûrement Kito », glissa-t-elle à Élias.

L'orateur baissa les bras et les spectateurs se rassirent.

« La paix sur vous », reprit-il d'une voix plus douce.

Il fit quelques pas, comme s'il réfléchissait à ses paroles.

« J'aime la nature ! Je respecte la nature ! J'obéis à la nature ! Nos parents avaient oublié la règle, ils ont été punis. Nous avons pu survivre parce que la nature l'a bien voulu. Ici, dans les Nouveaux Territoires, nous quémandons son hospitalité, nous implorons son aide. Nous ne venons pas en conquérants arrogants pour puiser l'eau ou arracher les richesses du sol.

– Il en veut, le Kito ! » fit Pierre à voix basse.

De la main, Lisa lui fit signe de se taire. Visiblement, l'assistance était acquise à Kito et ce n'était pas le moment de se montrer critique. Elle jeta un coup d'œil à Élias ; il avait l'air absorbé par les paroles du tribun.

« Nous ne voulons pas que les Ads reviennent, qu'ils reprennent les commandes ! Pour quoi faire ? Assécher les puits ? Polluer les montagnes ? Raser les forêts ? Nous pouvons vivre sans électricité, nous pouvons vivre sans essence... et, surtout, nous pouvons vivre sans Ads ! »

Un tonnerre d'applaudissements et de cris salua ces paroles.

La cérémonie devait suivre un déroulement bien précis, car Kito s'assit sur le bord de la scène et fit un signe à un garçon qui levait la main. Celui-ci se leva pour poser sa question.

« Certains d'entre nous se demandent pourquoi il faut quitter les Nouveaux Territoires quand on devient un Vingt, alors que nous gardons des Ads dans la Réserve... »

Kito fit un signe de tête à Draco, qui n'était qu'à quelques mètres de lui. Lisa le vit clairement inscrire quelques mots dans un carnet, peut-être le nom de celui qui avait osé interpeller le grand chef.

« Certains... Qui sont ces certains ? Il n'y a peut-être que toi à te poser cette question, mais tu te réfugies derrière ces "certains". Bien, je vais quand même te répondre. Si nous chassons les Vingt, c'est parce que nous ne voulons pas que des Ads soient tentés de prendre le pouvoir dans les Territoires... Mais il est vrai qu'il nous faut encore apprendre, et c'est pourquoi nous gardons dans la Réserve quelques spécimens dont nous avons besoin. Ceci n'aura qu'un temps... C'est un sacrifice à consentir... Bientôt, très bientôt, nous pourrons enfin vivre entre enfants ; je vous le promets ! »

Il reprit sa respiration.

« Car vous le savez, tous : qui sont nos ennemis ?

– Les Ads ! » fut la réponse qui fusa des gradins.

Kito était satisfait : il tenait le camp sous son emprise. Il se releva et disparut à l'arrière de la scène.

La cérémonie était terminée. Lisa se releva, un peu hébétée. Elle vit que Pierre et François partageaient son malaise. Seul Élias était encore assis. La jeune fille pensa qu'il avait présumé de ses forces ; il lui faudrait encore du repos avant de récupérer.

« Élias... Allez, viens, on rentre. Le spectacle est terminé. »

Mais le garçon releva vivement la tête vers elle.

« Un spectacle ? Tu appelles ça un spectacle ? cracha-t-il d'une voix méprisante.

– Il nous a fait son petit numéro de dictateur, c'est tout, intervint François

– Vous n'y avez rien compris, c'est tout », répondit Élias.

Il se leva, repoussa la main que Lisa tendait pour l'aider.

« Et je vous plains », ajouta-t-il avant de s'éloigner d'une démarche hésitante.

Les jours suivants, chacun fit un effort pour oublier la tension qui était née lors de la cérémonie du Forum, mais un malaise persistait.

Pierre, François et Lisa quittaient le bung chaque matin, laissant Élias seul jusqu'au soir. Quand ils rentraient, le garçon demeurait le plus souvent plongé dans un mutisme obstiné.

Jour après jour, cependant, le traitement montrait son efficacité. La fièvre n'était plus qu'un mauvais souvenir, les joues étaient moins creuses et Élias sentait revenir en lui les forces disparues.

Lisa assistait avec plaisir à cette renaissance ; elle justifiait à ses yeux leur installation au Dôme. Mais la jeune fille sentait confusément que la guérison de leur ami n'était pas la seule raison qui lui commandait de ne pas quitter les Nouveaux Territoires.

Malgré le travail, malgré les prisonniers de la Réserve, malgré la surveillance omniprésente de Draco, elle éprouvait le soulagement d'appartenir à nouveau à une société. Après ces longs mois où elle n'avait pu compter que sur elle-même, après toutes ces décisions qu'elle avait dû prendre sans le soutien bienveillant de ses parents, elle pouvait à nouveau vivre sans l'obsession de devoir chaque jour trouver de quoi manger et un endroit sûr pour dormir.

Elle sentait que l'énergie farouche qui lui avait permis de survivre disparaissait progressivement au profit d'une sensation d'apaisement. Bien sûr, tout n'était pas parfait ici, mais retrouver une famille ne justifiait-il pas des sacrifices ? À la dérobée, elle observait François et Pierre ; éprouvaient-ils les mêmes sentiments qu'elle ?

10

QUELQUES JOURS ENCORE, et Élias fut complètement rétabli. Le matin d'un deuxième, il alla voir Draco qui l'affecta à la Tour, où il travaillerait directement avec Kito.

Élias était heureux. Le soir de la réunion au Forum, les paroles de Kito avaient éveillé en lui un écho familier. Ces années passées dans un atelier clandestin, sans rien connaître du monde extérieur, à travailler douze heures par jour sur des machines rapides à vous attraper un doigt ou même une main, il les devait aux adultes.

Seule la nature était bonne, il le savait lui aussi. Et les hommes qui l'avaient réduite en esclavage ne devaient plus jamais redevenir les maîtres de cette planète.

Kito le conduisit jusqu'à l'étage supérieur de la Tour, où Élias découvrit un point de vue qui englobait toute la forêt. Au loin, on distinguait même les premiers immeubles de Saint-Martin.

L'adolescent blond fit un large geste du bras.

« Voici notre domaine... magnifique et fragile. »

Élias ne répondit rien. Qu'est-ce qui lui valait cet accueil chaleureux ?

« J'ai besoin de compagnons de confiance... Tous ici ne comprennent pas les dangers que nous courons. Un jour, ils se révolteront... Ils voudront le confort, de l'eau chaude, et la lumière la nuit... Déjà, ils s'impatientent ! Nous avons beau écarter les Vingt, la rébellion couve...

– Je ne veux pas devenir un flic ! le coupa Élias.

– Qui te parle de ça ? Il faut juste nous préparer...

– À quoi ?

– À partir, à nous installer ailleurs, avec tous ceux qui refusent de rendre cette planète au contrôle des hommes !

– Qu'est-ce que je dois faire ?

– Toi seul sera autorisé à entrer et sortir des Territoires ; tu te déplaceras à ta guise, avec une seule mission : trouver notre prochain refuge. Tu veux bien ? » ajouta-t-il d'une voix douce.

Élias était surpris : il était loin, le tribun sûr de lui qui arpentait la scène du Forum. Quitter le Dôme ? Il espérait avoir trouvé là l'endroit où il vivrait selon son cœur ! Il ne savait plus quoi penser.

Kito perçut son malaise. Il marcha lentement jusqu'à Élias et posa une main sur son épaule.

« Je te connais, tu sais. Moi aussi, j'étais à Commentray, dans les souterrains. Aux cuisines. Un jour, j'ai remplacé une fille qui apportait les chariots et je t'ai vu. Je suis passé très vite, à cause de ces salauds qui nous hurlaient aux oreilles. Tu n'as pas pu m'apercevoir.

Élias sentit l'émotion qui montait, si forte que ses yeux se mouillèrent de larmes. Un autre survivant du Sout' ! À Commentray, il avait retrouvé deux autres anciens prisonniers, Guillaume et Betty, mais ils l'avaient abandonné pour rester avec Manu, et ils en étaient morts.

Quand ils avaient refusé de les suivre, Lisa, Pierre et lui, Élias s'était senti encore une fois orphelin. Enfin, il retrouvait un de ses semblables !

« Ils te gardaient où ? réussit-il à articuler.

– Je n'ai jamais su exactement, répondit Kito. Je dormais à l'Orphelinat, mais ils nous emmenaient travailler plus loin. »

Élias repensa au réseau de souterrains qui partaient des sous-sols de l'Orphelinat. Il avait toujours soupçonné qu'ils desservaient d'autres ateliers.

« Alors, tu vas m'aider ? demanda Kito

– C'est d'accord...

– Je savais que je pouvais compter sur toi ! Bon, tu descends voir Draco, il te fournira tout le nécessaire pour tes expéditions. »

Élias se dirigea vers la porte.

« Ah, j'oubliais ! s'exclama Kito. À toi aussi de trouver le moyen de nous faire sortir discrètement du Dôme le moment venu... Je sais que nos ennemis voudront nous en empêcher ! Tu as compris ? »

Élias acquiesça...

« Moi aussi, j'ai encore quelque chose à te demander : là-bas... tu as dû connaître Betty ? Et Guillaume ? »

L'adolescent blond hésita un instant.

« Attends... Oui, bien sûr, ça y est, ça me revient. On dormait souvent dans le même dortoir... Écoute, je suis content qu'on puisse reparler de tout ça ensemble... mais un peu plus tard... Maintenant, il faut que j'aille faire le tour de nos canaux d'eau ; on m'a signalé des fuites. »

Il quitta la pièce, laissant Élias à ses pensées.

Pierre et François surveillaient toujours la Réserve. Ils multipliaient les tentatives de prise de contact avec les Ads, mais la présence envahissante de Max les en empêchait le plus souvent.

Ils parvinrent à découvrir qu'une vingtaine d'adultes étaient enfermés dans l'enclos. Deux médecins étaient emmenés chaque matin à l'hospice, un cuisinier était bouclé toute la journée au réfectoire commun, et un paysan supervisait les travaux des champs sous haute surveillance. Les autres, plombier, mécanicien, menuisier... restaient sous leurs tentes, espérant ou craignant l'ordre qui romprait la monotonie des jours.

Enfin, un soir, François et Pierre durent prendre la garde de nuit. Ils découvrirent avec plaisir qu'ils seraient seuls à veiller sur les prisonniers. Ainsi, Max lui-même avait parfois besoin de repos.

Les Ads exposaient leurs mains aux flammes d'un feu de bois allumé au milieu des tentes. L'un d'entre eux réchauffait une bouilloire cabossée, puis versait du café dans des gobelets que les autres se faisaient passer.

« J'y vais », fit soudain François.

Iéshoua est-il le MESSIE ?

Iéshoua (Jésus) étant Juif et connaissant les prophéties messianiques aurait pu s'efforcer de les réaliser ; mais comment aurait-il pu choisir sa généalogie et son lieu de naissance ? Qui a suggéré aux chefs du peuple d'évaluer Iéshoua à 30 pièces d'argent selon la prophétie de Zekharia (chapitre 11) ?

Et que dire de sa résurrection ?

Si le Messie d'Israël n'était pas déjà venu, comment ferait-il de nos jours pour prouver sa filiation vu que les archives généalogiques ont été brûlées dans le Temple de Jérusalem en 70 ?

Si on rejette le témoignage du prophète Jean-Baptiste annonçant le Messie (donc la pleine révélation de la Déité), il faut admettre que Dieu n'a plus parlé à son peuple depuis le prophète Mal-akhi. Comment expliquer un silence de 2400 ans alors que le Tanach complet a été révélé de façon quasi-continue dans une période seulement de 11 siècles ? Depuis la destruction du Temple, les sacrifices sanglants ne peuvent plus être offerts. La loi de l'holocauste continuel est donc violée (Vayiqra 6. 5-6). Le Yom Kippour ne peut plus être réalisé selon le statut perpétuel (Vayiqra 16), et les péchés ne peuvent plus être pardonnés car « c'est le sang qui fait expiation pour la personne. » (Vayiqra 17. 11). Que s'est-il donc passé ? Pourquoi le Temple a-t-il été détruit et Israël dispersé pendant tant de siècles ? Pourquoi tant de souffrances pour le peuple bien-aimé de Dieu ?

Iéshoua était-il bien le Messie que Dieu envoyait à son peuple ? Question capitale !

EXAMINONS LES TEXTES →

PROPHÉTIE
concernant LE MESSIE D'ISRAËL

Textes traduits des originaux hébreux par Zadoc Kahn, grand rabbin

RÉALISATION
des prophéties par IÉSHOUA DE NAZARETH

Textes traduits des originaux grecs par André Chouraqui

Ascendance humaine

• Bereshit (Genèse) 22. 15-18
L'envoyé de l'Éternel appela... Abraham du haut du ciel et dit : Je jure par moi-même, a dit l'Éternel, que, parce que tu as agi ainsi, parce que tu n'as point épargné ton enfant, ton unique, je te comblerai de mes faveurs... ta postérité conquerra les portes de ses ennemis. Et toutes les nations de la terre s'estimeront heureuses par ta postérité...

• Bamidbar (Nombres) 24. 16-19
Parole... de celui qui entend le verbe divin et connaît le secret du Très-Haut : ...Je le vois, mais ce n'est pas encore l'heure ; Je le distingue mais il n'est pas proche : un astre s'élance de Jacob, et une comète surgit du sein d'Israël... Oui un dominateur naîtra de Jacob...

• Bereshit (Genèse) 49. 10
Le sceptre n'échappera point à Juda, ni l'autorité à sa descendance, jusqu'à l'avènement du Pacifique auquel obéiront les peuples.

• Yirmeya (Jérémie) 23. 5
Voici que des jours viennent, dit l'Éternel, où je susciterai à David un rejeton juste qui régnera en roi, agira avec sagesse et exercera le droit et la justice dans le pays.

• Matthieu 1. 1-16
Volume des enfantements de Iéshouha, messie, bèn David bèn Abrahâm. Abrahâm fait enfanter Is'hac, Is'hac fait enfanter Ia'acob (Jacob). Ia'acob fait enfanter Iehouda (Juda) et ses frères. Iehouda fait enfanter Pèrès et Zèrah de Tamar, Pèrès fait enfanter Hèsrôn, Hèsrôn fait enfanter Arâm, Arâm fait enfanter Aminadab, Aminadab fait enfanter Nahshôn, Nahshôn fait enfanter Salmón, Salmón fait enfanter Bo'az de Rahab, Bo'az fait enfanter Obéd de Rout, Obéd fait enfanter Ishaï, Ishaï fait enfanter David le roi.
David fait enfanter Shelomo de celle d'Ouryah... Elihoud fait enfanter El'azar, El'azar fait enfanter Matân, Matân fait enfanter Ia'acob, Ia'acob fait enfanter Iosseph, l'homme de Miriâm, de qui naît Iéshoua, dit Messie.

Filiation divine

• Michlei (Proverbes) 30. 4
Qui est monté au Ciel et en est redescendu ? Qui a recueilli le vent dans le creux de sa main ? Qui a enserré les eaux dans le pan de son manteau ? Qui a établi toutes les limites de la terre ? Quel est son nom, quel est le nom de son fils ? Dis-le si tu le sais.

• Tehilim (Psaume) 2. 7
Je veux proclamer ce qui est une loi immuable : « L'Éternel m'a dit : Tu es mon fils, c'est moi qui, aujourd'hui, t'ai engendré ! »

• Luc 1. 26-35
Au sixième mois, le messager Gabriel est envoyé par Elohim... vers une nubile fiancée à un homme... Miriâm dit au messager : « Comment cela peut-il être, puisqu' aucun homme ne m'a pénétrée ? » Le messager lui répond et lui dit : « Le souffle sacré viendra sur toi, la puissance du Suprême t'obombrera. Ainsi, celui qui naîtra de toi, sacré, sera appelé Bèn Elohîm. »

Naissance miraculeuse

• Yecha'ya (Isaïe) 7. 14 et 9. 5-6
Ah certes ! le Seigneur vous donne de lui-même un signe : Voici, la jeune femme est devenue enceinte, elle va mettre au monde un fils, qu'elle appellera Immanouel. (« Dieu avec nous ! »)
C'est qu'un enfant nous est né, un fils nous est accordé : la souveraineté repose sur son épaule, et on l'a appelé Conseiller merveilleux, Héros divin, Père de la conquête, Prince de la Paix. Son rôle est d'agrandir l'empire, d'assurer une paix sans fin au trône de David et à sa dynastie...

• Matthieu 1. 20-23
...Un messager de IHVH (L'Éternel) lui apparaît en rêve et dit : Iosseph bèn David, ne frémis pas de prendre avec toi Miriâm, ta femme. Oui, ce qui s'enfante en elle est du souffle sacré. Elle enfantera un fils. Crie son nom : Iéshoua, parce qu'il sauvera son peuple de ses fautes. Or tout cela est advenu pour accomplir ce qu'a dit IHVH par son inspiré. Il a dit : voici la nubile aura dans son ventre et enfantera un fils. Ils crieront son nom : « Imanou El », qui s'interprète : « El avec nous ».

QUELQUES AUTRES PROPHÉTIES RÉALISÉES LORS DE LA VENUE DE IÉSHOUA :

ÉVÉNEMENT	PROPHÉTIE	RÉALISATION
Postérité de la femme	Genèse 3. 15	Galates 4. 4
Massacre des enfants	Jérémie 31. 15	Matthieu 2. 16-18
Appelé hors d'Égypte	Osée 11. 1	Matthieu 2. 14-15
Chargé d'une mission	Isaïe 61. 1-2	Luc 4. 18-21
Début de son ministère	Isaïe 9. 1-2	Matthieu 4. 12-17
Prédication en paraboles	Psaume 78. 2	Matthieu 13. 31-35
Guérison des aveugles	Isaïe 35. 5	Matthieu 9. 27-31
Guérison des sourds	Isaïe 29. 18	Marc 7. 32-35
Guérison des boiteux	Isaïe 35. 6	Jean 5. 2-9
Guérison des muets	Isaïe 32. 4	Matthieu 9. 32-34
Présence au Temple	Malachie 3. 1	Matthieu 26. 55
Louange des enfants	Psaume 8. 2	Matthieu 21. 16
Incrédulité des Juifs	Isaïe 53. 1	Jean 12. 37-38
Entrée à Jérusalem	Zacharie 9. 9	Luc 19. 29-38
Haï sans cause	Psaume 35. 19	Jean 15. 22-25
Rejeté et méprisé	Isaïe 49. 7	Jean 10. 20
Trahi par un ami	Psaume 41. 9	Matthieu 26. 47-50
Vendu 30 pièces	Zacharie 11. 12	Matthieu 26. 14-16
Prix de la trahison	Zacharie 11. 13	Matthieu 27. 3-7
Accusé mais silencieux	Isaïe 53. 7	Marc 15. 1-15
Frappé, maltraité	Michée 5. 1	Marc 15. 19
Supportant les crachats	Isaïe 50. 6	Matthieu 26. 67
Crucifié	Zacharie 13. 6	Marc 15. 25
Vêtements tirés au sort	Psaume 22. 18	Jean 19. 23-24
Abreuvé de fiel	Psaume 69. 21	Matthieu 27. 34
Ténèbres en plein jour	Amos 8. 9	Matthieu 27. 45
Percé	Zacharie 12. 10	Jean 19. 34,37
Aucun os brisé	Exode 12. 46	Jean 19. 33,36
Mort expiatoire	Isaïe 53. 5-12	1 Pierre 3. 18
Dans un tombeau de riche	Isaïe 53. 9	Matthieu 27. 57-60
Ascension au ciel	Psaume 110. 1	Marc 16. 19
Don de l'Esprit Saint	Joël 2. 28-29	Actes 2. 33

ENFANTS D'ISRAËL, ÉCOUTEZ !

Iéshoua a dit : « Insensés, cœurs lents à adhérer à ce qu'ont dit les inspirés ! Le messie ne devait-il pas souffrir tout cela pour entrer dans sa gloire ? » ...Oui il fallait accomplir tout ce qui est écrit dans la Tora de Moshè, dans les Inspirés et dans les Louanges, à mon sujet.

Annonce de Loucas 24. 25-26, 44

Iéshoua, messie ... étant la pierre méprisée par vous, les bâtisseurs, il est devenu la tête d'angle. Le salut ne vient pas d'un autre. Non il n'a pas été donné aux hommes un autre nom sous les ciels par lequel il nous faut être sauvés.

Actes 4. 10-12; voir Tehilim (Psaume) 118. 22

**Désirez-vous mieux connaître IÉSHOUA votre Messie ?
Sur simple demande, sans engagement de votre part,
vous pouvez recevoir par la poste :**

GRATUITEMENT en faisant la demande sur evangilegratuit.com :

☐ Ha-Bessorah : L'ÉVANGILE (Biographie de l'Adôn Iéshoua)
☐ UN COMMENTAIRE (aide de lecture biblique)

EN PAYANT 3 timbres-poste :

☐ LA BIBLE, Tanach et Brit Ḥadaschah en français (c'est le livre de la Nouvelle Alliance selon Yirmeya, chapitre 31, verset 31), (traduction très précise).

Indiquez votre adresse ci-dessous puis renvoyez-nous ce dépliant en y joignant les 3 timbres-poste.
☐

BPC – La Bonne Semence
30 rue Châteauvert CS 40335
26003 VALENCE CEDEX
FRANCE

NOM, PRÉNOM :

ADRESSE COMPLETE :

Il tira sa clé et déverrouilla la grille de l'enclos.

« Qu'est-ce que tu fous ? siffla Pierre.

– Reste, si tu veux !

– Mais Max ?

– Quoi, Max ? C'est ton père ? Ton prof ? Un flic ? »

Pierre réfléchit un instant. Non, Max n'était rien de tout cela.

« Allez, entre ! »

En silence, les deux garçons marchèrent jusqu'au feu de camp et s'assirent sur le sol. Les Ads les dévisageaient avec un mélange de surprise et d'hostilité. Ils jetaient des coups d'œil vers la porte, estimant le temps qu'il leur faudrait pour atteindre la sortie, évaluant la possibilité qu'il s'agisse d'un piège.

L'homme qui avait servi le café avait de longs cheveux blancs et une barbe clairsemée. Ses yeux bleu métal fouillaient ceux de François.

« Du café ? » finit-il par proposer.

Ils acquiescèrent. L'un des hommes se leva et ramena deux tasses d'une tente. Le liquide noirâtre était brûlant et insipide, une maigre consolation pour les prisonniers !

« Alors ? fit l'homme aux cheveux blancs.

– Alors... ça nous gêne, les gens en cage... enfants ou adultes ! répondit François.

– Ads ! On dit "Ads", maintenant, fit une voix dans la pénombre.

– Ads ou adultes, on ne change pas les choses simplement en modifiant leurs noms ! s'exclama Pierre. Un arbre sera toujours un arbre, et un adulte restera un adulte, même si un type décide de les appeler autrement !

– Comment est-ce que vous êtes arrivés ici ? reprit François.

– Ils nous ont ramassés un par un. Si encore on avait été ensemble, on aurait pu résister...

– Je veux dire... Comment est-ce que vous avez survécu ? Il ne reste pratiquement que des enfants !

– Tu veux dire “pourquoi” est-ce que nous avons survécu, j'imagine ? Aucun de nous n'en sait rien !

– Mais on a autant le droit que les autres de vivre ici, n'est-ce pas, Jérôme ? fit la voix dans la pénombre.

– J'ai du mal à croire que vous ne puissiez pas trouver un moyen de vous échapper. Au moins ceux qui sont aux champs ou à l'hospice. Et si vous fonciez tous sur... »

Pierre s'interrompit.

« ... sur toi, tu veux dire ? fit Jérôme avec un sourire. Je te rappelle que tu fais partie des gardiens et que nous, nous sommes les prisonniers.

– Vous m'avez compris, non ?

– Oui, je t'ai compris... Nous n'avons pas l'intention de fuir comme des voleurs, de nous planquer comme des bêtes traquées... Comme l'a dit notre compagnon avec justesse, nous sommes dans notre droit. Ce n'est pas parce que la Disparition a frappé les adultes plus que les enfants qu'elle a fait de nous des parias ! »

Il but une gorgée de café, grimaça.

« Je dois dire qu'il y a une autre raison. Même si vous nous ouvriez maintenant cette porte, même si nous décidions de vous neutraliser – et je crois que nous y arriverions, malgré votre âge – nous ne quitterions pas le Dôme. L'un de nous pensait autrement, d'ailleurs, et il a réussi à s'enfuir.

– Sam ? s'écria Pierre.

– Oui, Sam... Vous l'avez vu ? Il s'en est sorti ?

– De justesse », se contenta de répondre François.

Il remettait à plus tard le récit de l'expédition contre les Bikers, au Cinérama. Le temps passait et on ne pouvait exclure qu'il vienne brusquement à l'idée de Max de vérifier si ses subordonnés s'acquittaient correctement de leur mission.

« Alors, pourquoi est-ce que vous ne tentez pas votre chance ? » insista François.

Jérôme se leva et leur fit signe de le suivre. Il rabattit l'ouverture de la tente la plus reculée.

« Je vous présente Maggy, probablement la doyenne de ce monde. »

Une vieille femme dormait paisiblement sur une simple natte de tissu. Les cheveux gris étalés autour de sa tête formaient comme une auréole. Jérôme laissa retomber le rabat de la tente.

« Maggy a quatre-vingts ans. Elle marche difficilement. Nous nous sommes promis de ne laisser aucun d'entre nous en arrière. »

Pierre et François revinrent en silence vers le feu. Le souvenir d'une grand-mère disparue, des repas de famille, une discrète odeur de lavande, une voix douce ; ils avaient senti tout cela sous cette tente.

« Vous feriez mieux de partir, maintenant, murmura

Jérôme. Il n'est ni de votre intérêt ni du nôtre que l'on vous surprenne ici. Votre aide sera la bienvenue, bien entendu. Mais rappelez-vous : nous ne voulons pas nous enfuir… Juste être libres ! »

Les paroles du vieil homme retentirent longtemps dans l'esprit de Pierre et de François alors qu'ils reprenaient leur garde, tentant vainement de se réchauffer en parcourant sans fin l'allée qui ceinturait la Réserve.

Il y avait de la place pour tous, dans ce nouveau monde ! À la première occasion, ils agiraient !

11

ÉLIAS AVAIT PRIS À CŒUR la mission que lui avait confiée Kito. Après avoir consacré trois jours à reconnaître minutieusement les alentours immédiats du Dôme, il décida que sa première excursion loin des Nouveaux Territoires serait pour le Château du Val, là où Lisa, Pierre et lui avaient passé quelques jours. Selon lui, le haras présentait de nombreux avantages pour l'installation d'une nouvelle colonie : beaucoup d'espace, la proximité de la forêt, un cours d'eau non loin.

Saint-Martin se dressait entre son objectif et lui. Après réflexion, il décida de tenter de traverser la ville ; la contourner lui prendrait presque une demi-journée de marche et rallongerait son expédition d'autant.

La ville semblait déserte ; le départ des motards l'avait rendue aux meutes canines. Cette fois-ci, il n'y eut pas de berger allemand pour contrôler les pulsions meurtrières des chiens. Élias ne dut son salut qu'à la fuite et il termina sa course allongé dans un pré, essoufflé mais sain et sauf.

Il retrouva sans difficultés la petite route de campagne qui menait au haras. La grille de l'allée était ouverte, mais Élias ne savait pas si ses compagnons l'avaient refermée derrière eux quand ils avaient quitté le château et qu'il reposait, inconscient, à l'arrière de la charrette.

La réponse lui fut donnée par une salve de cris et de rires qui monta du château. Il se faufila entre les arbres, essayant de s'approcher au plus près des bâtiments. Les Bikers étaient là, leurs motos garées devant la grange. Ils avaient sorti les chevaux du pré et improvisaient un rodéo au centre de la cour, au milieu d'un enclos construit à la hâte à l'aide de cordes. Des motards téméraires tentaient de monter les animaux affolés qui poussaient des hennissements stridents. Ils étaient invariablement désarçonnés, à la grande joie de leurs compagnons.

Élias contempla quelques minutes le triste spectacle avant de se résoudre à retourner sur ses pas. Il leur faudrait renoncer au haras, tant que les motards y seraient installés.

Dans les Territoires, on travaillait six jours sur sept. Un troisième, François put enfin partir explorer les coins les plus reculés du Dôme, comme il en avait depuis longtemps le projet.

Dès l'aube, il quitta le bung, abandonnant les autres occupants au sommeil. Il avait besoin d'un peu de solitude : il passerait la journée seul. Il avait décidé de s'enfoncer droit dans les bois, de traverser la forêt en ligne droite jusqu'à atteindre à nouveau la paroi du Dôme.

D'abord facile, sa marche fut bientôt ralentie par l'eau qui imprégnait la terre. En avançant, il prit conscience qu'il entrait dans une zone de marais. Les arbres avaient disparu, laissant place à des buissons d'herbes hautes.

Il ne tarda pas à tomber de tout son long dans une fondrière dissimulée par des roseaux. Il eut le plus grand mal à s'extirper de l'eau boueuse qui atteignait ses cuisses. Il était trempé, mais il décida de continuer, espérant que ses vêtements seraient vite secs : malgré le temps hivernal, le moindre rayon de soleil avait la propriété de chauffer le Dôme ; François supposa que le verre agissait comme une loupe.

Il marchait lentement à présent, prenant garde où il posait les pieds. De l'endroit où il se dirigeait montaient des chants d'oiseaux, de plus en plus fort à mesure qu'il avançait, comme si une colonie de volatiles nichait quelque part au milieu des marécages.

Deux cents mètres plus loin, il retrouva le terrain sec ; devant lui se dressait un gigantesque filet aux mailles étroites, tendu comme une tente à trois mètres de hauteur par des poteaux de bois. Des centaines d'oiseaux multicolores volaient de part en part ou se posaient sur les perchoirs de bois et sur le filet lui-même, sans cesser de pépier, de gazouiller, de jacasser, causant le vacarme qu'il avait entendu.

François découvrit vite la cause de cette effervescence : une jeune fille nourrissait la colonie, jetant au travers du filet des poignées entières de grains. Il reconnut aussitôt Luna.

La jeune fille le salua d'un grand sourire et lui fit signe d'approcher.

« Comment est-ce que tu es arrivé ? Personne ne vient jamais jusqu'ici !

– Ça ne m'étonne pas, répondit-il en désignant avec une moue éloquente son pantalon maculé de terre. J'ai juste foncé tout droit ! »

Il fit quelques pas, caressant du bout des doigts le filet vert. Aussitôt, des dizaines d'oiseaux fondirent vers lui, quêtant de la nourriture. Il sauta en arrière.

Luna éclata de rire.

« Ils sont beaux, non ? Tu n'en verras aucun comme ça à l'extérieur. Il fait si chaud sous le Dôme qu'ils ont réussi à acclimater des oiseaux exotiques. Beaucoup sont morts au moment de l'arrêt des chaudières, mais certains ont résisté.

– Tu veux dire qu'il y en avait encore plus avant ?

– Personne n'aurait osé entrer à l'intérieur de la cage, j'imagine ! Alors, comment trouves-tu les Territoires ? »

François hésita un instant. Il pouvait se contenter d'une réponse évasive, du genre « je ne sais pas encore », ou « ça dépend pour quoi », mais il avait été séduit dès le premier jour par la spontanéité de Luna. Il décida d'être franc.

« Une prison dorée. Une dictature molle. Je ne sais pas exactement.

– Continue, fit-elle, soudain sérieuse.

– Pendant presque un an, j'ai vécu comme un animal traqué. Pourtant, je crois que j'étais plus libre que vous, ici, dans les Territoires. Comprends-moi bien : il faut s'organiser, c'est sûr, on ne va pas vivre chacun pour soi, mais tous les habitants du Dôme ont l'air de crever de peur… Sauf toi, peut-être ! »

Il lui sourit.

« Ce Kito, il se comporte comme un empereur, comme si le Dôme lui appartenait… Il vous a peut-être aidés quand il le fallait, mais ça ne lui donne pas le droit de tout diriger ! Je ne suis pas sûr que ça dure très longtemps, d'ailleurs… Tu as vu ce qu'il s'est passé, l'autre soir, au Forum ? »

Elle acquiesça.

« Kito est… spécial ! Pour lui, la Séparation est vraiment une deuxième chance. Il détestait la société dans laquelle nous vivions. Il était de toutes les manifestations, il distribuait des tracts, signait des pétitions. Il crachait à la figure des adultes, il les traitait de vieux cons.

– Tu as l'air de bien le connaître ? »

Luna lui sourit tranquillement.

« C'est mon frère ! Le matin de la Séparation, reprit-elle, il était fou de joie. Il courait dans les rues, vérifiant chaque maison, en hurlant "Ils sont vraiment partis". Pour lui, c'était comme la révolution.

– Vous étiez tous les deux ?

– Oui… Il riait de voir nos parents envolés, évanouis. Il faut dire qu'ils ne se parlaient presque plus. Je ne sais pas pourquoi je ne l'ai pas planté là… Ou plutôt si, je sais : j'avais trop peur…

– Mais maintenant, pourquoi restes-tu ? Il y a d'autres gens, dehors, tu le sais !

– Des gens comme toi, peut-être ? Mais toi aussi, tu es venu chercher refuge ici. Je ne sais pas si j'aurais la force de redevenir une externe... J'ai mon équilibre, ici.

– Ton équilibre ? Quel équilibre ?

– Kito et ses complices me laissent tranquille. Pas de corvée, pas de séance d'intimidation, pas d'humiliation. Et en échange...

– Quoi ?

– Mais tu n'as jamais lu de romans policiers, ma parole ! s'exclama-t-elle en riant. En échange, je ne révèle à personne son petit secret. Un secret, c'est la base d'un bon chantage, non ? »

Riant toujours, elle sauta sur ses pieds.

« Allez, viens, il faut rentrer. Et si tu es gentil, peut-être même que je t'aiderai à éviter les trous d'eau ! »

Quelques jours plus tard, un nouveau rassemblement se tint au Forum, selon le cérémonial que Lisa et ses amis connaissaient déjà. Mais, ce soir-là, les questions fusèrent de toutes parts, bien plus agressives que la fois précédente.

Comme Kito l'avait annoncé à Élias, le ressentiment montait parmi les habitants contre la vie frugale à laquelle ils étaient condamnés.

Certains proposaient que soient lancées des missions d'exploration vers les villes voisines pour y trouver moteurs et générateurs d'électricité. D'autres prétendaient qu'il restait des réserves de carb' stockées quelque part sous le Dôme et qu'il serait stupide de renoncer à s'en servir.

Surtout, de nombreux enfants avaient été frappés indirectement par l'implacable règle des Vingt. Ils avaient vu leurs frères et sœurs expulsés des Territoires, le plus souvent de nuit, sans que leur soit donnée la possibilité de les suivre. Lisa s'était souvent demandé pourquoi ceux qui étaient ainsi chassés n'avaient pas voulu emmener avec eux le reste de leur famille. Elle supposait que les légendes effroyables qui circulaient sous le Dôme à propos des conditions de vie à l'Extérieur avaient convaincu les enfants qu'ils avaient plus de chances de survivre en restant dans les Territoires.

Kito tentait tant bien que mal de résister au feu roulant de critiques. Mais François se leva et, du haut des gradins, prit la parole. Il était de grande taille et sa voix grave portait loin ; tous s'arrêtèrent de crier pour l'écouter, bien qu'il fût l'un des derniers arrivés sous le Dôme.

« Nous n'arriverons à rien si nous nous entre-déchirons ! Vous nous avez accueillis parmi vous sans hésiter et je voulais vous en remercier. Kito, reprit-il, grâce à toi, nous avons de quoi manger et nous pouvons dormir tranquilles. Mais il nous faut nous organiser... »

Il reprit son souffle, presque effrayé par les conséquences des phrases qu'il allait prononcer.

« Chacun a le droit de choisir celui ou celle qui dirigera notre communauté. Kito... ou un autre. Et chacun doit participer à la décision : est-ce que nous voulons continuer à vivre ainsi ou bien allons-nous essayer de reconstruire cette Terre ? Avec les Vingt... ou sans eux ? »

Alors que des applaudissements nourris saluaient le discours de François, Lisa vit Élias, blanc comme un linge, se lever et se précipiter au bas des gradins, où Draco, inquiet, surveillait les déplacements de la foule des spectateurs. Kito lui fit signe de laisser passer le garçon. D'un bond, celui-ci sauta sur la scène.

« Arrêtez ! hurla-t-il. Arrêtez ! On ne va pas recommencer comme avant. Non ! Vous ne savez pas comment c'était ! Kito et moi, on sort des souterrains ! On sait qu'ils nous enfermeront à nouveau ! »

Des sifflets couvrirent ses paroles. Kito tira Élias par le bras et ils disparurent à l'arrière de la scène. La réunion s'acheva dans la confusion, mais, pour la première fois, les conversations continuèrent tard dans la nuit et on y évoquait l'impensable : Kito n'était plus certain de garder éternellement le pouvoir.

Lisa, Pierre et François finirent par quitter le Forum. Beaucoup d'enfants étaient venus les féliciter, encourageant François à se porter candidat à la succession de Kito. Ils n'écoutaient pas les dénégations du garçon, qui leur assurait n'avoir parlé que dans l'intérêt général.

Le lendemain matin, Élias annonça à ses amis qu'il quittait le bung.

« J'ai trop de travail, je préfère emménager dans la Tour », expliqua-t-il.

Mais Lisa n'était pas dupe : un fossé profond s'était creusé entre eux.

12

Les premiers flocons avaient commencé à tomber dès le matin et une épaisse couche de neige recouvrait déjà la forêt.

Une heure plus tôt, les motards avaient fait une pause autour d'un grand feu qu'ils avaient réussi à allumer malgré l'humidité. Les flammes dansaient au milieu des bourrasques blanches.

« Il est temps de repartir, hurla le leader aux Bikers transis. Droit devant ! Vers les Nouveaux Territoires ! »

Alors qu'ils cherchaient le Dôme depuis des semaines et que l'évasion du Doc avait failli ruiner leurs espoirs, l'information leur était pour ainsi dire tombée du ciel. Ce crétin avait cru pouvoir les espionner... Les guetteurs postés sur le toit du haras l'avaient repéré avant même qu'il emprunte l'allée ! Il avait suffi de le suivre quand il était reparti !

« Laissez les motos ! On continue à pied ! »

La troupe frigorifiée s'engagea dans le chemin. Seule la perspective de trouver un abri au Dôme les poussait encore à progresser, malgré l'effort que leur coûtait chaque pas.

Au dernier virage, le leader fit signe de s'arrêter. Deux cents mètres plus loin, le Dôme, couvert de neige, se dressait comme une gigantesque cloche blanche.

La moitié des motards se déployèrent dans les bois, conduits par Tonino. Ils devaient s'approcher au plus près sans être vus. Le reste des adolescents, menés par le leader, poursuivirent vers l'entrée.

Les gardes avaient déserté leur poste, sans doute chassés par le froid. Le Dôme n'était défendu que par un amoncellement de caisses qui fermait tant bien que mal le grand porche.

Mais l'approche des Bikers n'était pas passée complètement inaperçue. Lisa et Luc revenaient d'une nouvelle tournée d'inspection. Ils cheminaient dans une semi-pénombre, car la couche blanche qui recouvrait le Dôme empêchait les rayons du soleil de pénétrer à l'intérieur. Leur ronde avait révélé des fissures inquiétantes dans le verre : à certains endroits, la neige s'accumulait sur plusieurs dizaines de centimètres, atteignant un poids dangereux pour la résistance de la paroi.

C'était la première chute de neige importante que connaissait le Dôme depuis la fondation des Nouveaux Territoires. Kito et Draco, comme tous les autres enfants, ignoraient que les concepteurs du centre de vacances avaient prévu un système de dégivrage du verre, qui était parcouru par des milliers de résistances chauffantes.

Celles-ci ne fonctionnaient plus, faute d'électricité.

En tout état de cause, Kito n'aurait pas songé à questionner les Ads prisonniers, dont il utilisait les services mais méprisait les conseils. Dans son obstination à refuser tout progrès, peut-être même aurait-il renoncé à activer le système anti-neige s'il en avait connu l'existence.

Lisa et Luc longeaient la paroi du Dôme, sans rien apercevoir de l'extérieur ; de même étaient-ils restés dissimulés aux yeux des motards postés de l'autre côté.

Ce furent les voix qui les alertèrent. Ils entendirent des murmures à quelques centimètres d'eux et ne tardèrent pas à réaliser la présence d'intrus de l'autre côté de la paroi.

Lisa réagit immédiatement : leurs mouvements à eux n'étaient pas entravés par la neige ; il faisait froid à l'intérieur du Dôme, mais incomparablement moins qu'à l'extérieur. Ils avaient donc un sérieux avantage sur leurs adversaires.

La jeune fille envoya Luc prévenir Draco et Max. Les procédures de sécurité étaient connues de tous : en moins de cinq minutes, la moitié des villageois étaient postés devant le barrage de caisses qui fermait l'accès au Dôme, pendant que les autres partaient en patrouille vérifier que les ennemis ne tentaient pas d'ouvrir une brèche ailleurs.

Aussi, quand le leader envoya deux enfants – un garçon et une fille – tester la solidité des caisses à coups de hache, il comprit aussitôt qu'il ne pourrait plus compter sur l'effet de surprise.

Au signal de Draco, les lance-pierres entrèrent en

action et les deux éclaireurs durent reculer sous une pluie de projectiles.

Les assiégés décidèrent de pousser leur avantage. Max ordonna à François et à Pierre de le suivre. Ils obéirent sans hésitation : face à l'ennemi commun, il fallait oublier les querelles passées.

Ils coururent jusqu'au réfectoire. Max sortit une clé et déverrouilla une lourde porte métallique. Ils découvrirent une cambuse où l'on stockait des provisions et des outils. Le chef de la sécurité désigna un bidon à François, s'empara d'une lampe de poche sur une étagère et s'enfonça vers le recoin le plus obscur de la pièce. Il souleva une trappe en bois, presque invisible dans le sol de terre.

« C'est un tunnel, pour l'approvisionnement du centre. Les proprios ne voulaient pas d'un défilé permanent de camions sous les yeux des clients. Alors on apportait le ravitaillement par ici. »

Ils descendirent un escalier métallique assez raide et découvrirent un passage d'environ deux mètres de hauteur. Éclairés par le faisceau de la lampe, ils avancèrent silencieusement pendant une dizaine de minutes.

Tout en marchant, François déboucha le jerrican et en sentit le contenu : ainsi, c'était vrai, il y avait du carb' sous le Dôme !

Ils atteignirent un nouvel escalier, en tous points identique à celui qu'ils avaient emprunté pour descendre sous terre. Max mit un doigt sur ses lèvres et leva le bras vers la trappe qui les ramènerait à l'air libre.

Il fit signe aux deux garçons de venir l'aider : la neige était trop épaisse.

À trois, ils parvinrent à repousser la planche de bois et se hissèrent à la surface, à quelques mètres seulement des motos abandonnées par les Bikers. Max leur fit signe de l'attendre et il s'enfonça dans le sous-bois.

Ils l'attendirent de longues minutes, pieds et mains gelés, essayant de percer le flot tourbillonnant des flocons de neige. Enfin, l'adolescent réapparut.

« Les Bikers... Ce sont bien eux, devant l'entrée... Ils vont voir ! »

Il attrapa le bidon et aspergea généreusement d'essence chacun des engins. Il suffit d'une allumette pour déchaîner l'enfer : les flammes s'élevèrent vers le ciel.

« Avec la neige, la forêt ne risque rien, cria Max. Allez, on rentre ! »

Sans profiter du spectacle, ils s'engouffrèrent dans le tunnel et refermèrent la trappe derrière eux. Ils étaient à mi-parcours quand les premiers réservoirs explosèrent.

Le leader était désorienté. On ne lui avait pas annoncé une telle résistance. Les adolescents embusqués derrière les caisses semblaient bien décidés à les empêcher de prendre le Dôme. Le leader savait imposer sa volonté à force de menaces, mais il n'était qu'un piètre stratège. Il avait espéré que les assiégés rendraient les armes à la première manifestation de force, mais ça ne se passait pas comme prévu. Et, à vrai dire, il n'avait aucun plan de rechange.

Tonino et Rafa avaient compris la situation. Ils pressaient le leader de décider de reculer, juste le temps de reconsidérer leur tactique. Mais celui-ci hésitait, refusant d'admettre son échec.

Les explosions en chaîne et la colonne de fumée noire qui dispersait les flocons de neige se chargèrent de sonner la retraite. Sans attendre les ordres de leur chef, les motards refluèrent dans le chemin, terrifiés à l'idée que quelque chose ait pu arriver à leurs précieux engins.

Quand ils atteignirent le brasier, ils durent constater l'évidence : désormais, ils voyageraient à pied. Pire encore, tentes, vêtements, équipement, tout avait disparu.

Quelques minutes auparavant, la prise du Dôme devait leur fournir tout ce dont ils manquaient. À présent, ils faisaient face à une question de survie.

En haut de la Tour, Kito pestait contre la neige. Malgré ses jumelles, il ne voyait pas ce qui se passait à l'extérieur. Draco était venu au rapport : ainsi, finalement, les motards les avaient retrouvés. Ça devait arriver !

Kito revit la scène, quelques mois plus tôt. La Séparation les avait laissés sonnés, Luna et lui, errant sur les routes, incapables de subvenir à leurs besoins. Le leader les avait ramassés inanimés dans un fossé, et son équipe les avait recueillis, soignés, nourris.

Kito avait repris des forces et il avait réfléchi. Il connaissait le centre de vacances et savait qu'il ferait un refuge idéal. Mais pas question d'en faire profiter le leader.

Il en avait parlé à Draco et à Max, deux membres des Bikers, qu'il savait pouvoir convaincre de les suivre aveuglément.

Une nuit, alors que Draco était de garde, ils avaient entassé toutes les réserves de vivres des Bikers dans deux chariots, saboté les motos et s'étaient enfuis.

Après quelques jours de marche, ils avaient retrouvé l'emplacement du Dôme, recruté leurs premiers fidèles et fondé les Nouveaux Territoires.

Depuis, il savait que le leader n'aurait de cesse de le retrouver. C'était en prévision de ce jour, et non pas pour échapper à la colère des habitants du Dôme, qu'il avait chargé Élias de préparer leur fuite. Mais le garçon n'en avait rien su. Cet idiot avait cru de bonne foi se mettre au service de la cause !

Kito reposa les jumelles. Protéger la nature ! Qu'est-ce qu'il en avait à faire ? Seul comptait le Pouvoir !

Pierre sortit le premier du réfectoire. Lisa l'aperçut, courut vers lui et se jeta à son cou. Elle étreignit le garçon.

« Tu avais disparu ! J'ai eu peur !

– Juste une petite mission suicide ! Pourquoi est-ce que tu vas t'inquiéter ? » fit-il avec un sourire.

Ils restaient enlacés, anormalement longtemps.

« Et Élias ?

– Disparu ! Sans doute avec Kito, répondit la jeune fille.

– Lisa... » commença-t-il.

Coupant court à ses explications, elle déposa un baiser sur sa bouche, fit un pas en arrière, étonnée de son geste.

Elle comprenait, maintenant... Élias était comme un frère, pour elle. Ils avaient grandi ensemble, dans le nouveau monde qui avait surgi après la Disparition. Ils s'étaient entraidés, ils s'étaient déchirés aussi. Comme frère et sœur !

Mais elle avait retrouvé François. Et Élias avait décidé de suivre sa propre voie. Elle avait failli négliger Pierre. Quelle erreur ! Il était resté là, tout ce temps. Simplement à l'attendre.

Elle lui sourit, lui tendit la main. Un temps infini s'ouvrait devant eux. S'ils survivaient à la chute des Nouveaux Territoires !

Le leader avait accueilli la destruction des motos avec une rage froide. Jamais il n'avait été ainsi tenu en échec. Ils avaient voulu le défier ? Eh bien, il allait leur montrer, il allait entrer dans ce maudit Dôme !

Il avait envoyé une escouade de motards faire le tour complet de la construction. Ils venaient de revenir, les doigts bleuis, les lèvres gercées, des cristaux de glace emmêlés dans les cheveux. Ils avaient fait leur rapport et le leader jubilait : il avait trouvé leur point faible.

Il convoqua Tonino et Rafa. Le plan d'attaque fut décidé en quelques minutes ; ils diviseraient leurs troupes : le plus gros resterait devant l'entrée du Dôme, pour maintenir la pression sur les défenseurs, pendant qu'un bataillon, mené par le leader en personne, exploiterait la faille qu'ils avaient découverte. Mais il ne pourrait passer à l'attaque qu'en pleine nuit. S'ils survivaient aux heures glacées qui s'annonçaient.

13

LA NUIT ARRIVA dans une ambiance de veillée d'armes. Draco et Max avaient formé des patrouilles et les avaient disséminées aux points stratégiques des Territoires.

La première victoire remportée sur les motards avait galvanisé les troupes. Tous étaient d'accord pour faire taire leurs désaccords tant que le danger menacerait. Seule l'absence complète de Kito, qui pas une seule minute n'avait daigné apparaître parmi les défenseurs, détonnait dans cette atmosphère de solidarité.

Lisa prenait un peu de repos dans le bung. Luna et François distribuaient des bols de soupe chaude aux différents postes de garde.

Pierre non plus n'était pas inactif. Dès que la nuit était tombée, amenant un calme précaire sur le théâtre des opérations, il s'était dirigé vers la Réserve. Max n'avait pas osé lui refuser la clé quand il la lui avait réclamée.

Il déverrouilla l'enclos et se dirigea droit vers le feu de camp ou Jérôme, fidèle à son habitude, réchauffait son café malgré le froid mordant.

« Quelque chose est en train d'arriver », commença-t-il sans autre forme d'introduction.

Jérôme se contenta de hausser les sourcils, comme si la nouvelle l'indifférait complètement.

« Les Bikers attaquent le Dôme...

– Les Bikers ? demanda enfin le vieil homme.

– Une bande de motards qui veulent piller les Nouveaux Territoires...

– Piller les Territoires ? Il y a donc quelque chose de précieux, ici ?

– En tout cas, ils ont l'air de le penser... » répondit Pierre.

Il décida d'écourter la conversation.

« Je peux vous faire sortir d'ici... j'en parlerai à Max, à Draco, à Kito, s'il le faut !

– Vous connaissez des gens importants, jeune homme, fit Jérôme sur un ton ironique. Et pourquoi donc nous faire sortir d'ici ? Je n'ai pas l'impression que ces Bikers nous laisseront partir simplement parce que nous le leur demanderons gentiment !

– Mais non ! Pour vous battre avec nous ! Nous ne serons pas trop de tous pour résister !

– Nous battre avec vous, vraiment ? Dois-je comprendre que je suis considéré à présent comme l'un des vôtres ? En somme, vous libérez les esclaves pour qu'ils aient le droit de mourir pour vous ! C'est généreux, vraiment...

– Vous savez bien que François et moi nous voulions vous faire sortir...

– Mais vous ne l'avez pas fait ! rétorqua le vieil

homme. Et vous auriez eu de gros problèmes avec vos semblables si vous aviez tenté pareille folie !

– Ça n'était pas si facile ! cria Pierre.

– Peu importe, surtout maintenant... Mais nous ne prendrons pas partie entre deux bandes qui cherchent à s'entre-tuer pour une terre dont tous veulent nous exclure... Contrairement au proverbe, les ennemis de mes ennemis ne sont pas forcément mes amis ! Aujourd'hui, je pencherais plutôt pour une variante : si mes ennemis s'entre-tuent, je n'aurai plus que des amis ! »

Pierre s'accroupit et présenta ses mains glacées aux flammes. À mesure qu'elles se réchauffaient, il sentait des milliers de minuscules aiguilles transpercer sa chair.

« Je suppose que vous avez raison, finit-il par murmurer. Au moins dans votre situation. »

Il se redressa, contempla un instant le feu qui dansait dans la nuit.

« Bon, je vais retrouver les autres... »

La voix de Jérôme l'arrêta avant qu'il atteigne la porte de l'enclos.

« Il y a quelque chose que j'accepte de faire... Mais il vous faudra convaincre vos amis ! »

Lisa frissonna quand la première goutte glacée toucha son cou. Elle leva les yeux : du liquide s'écoulait du plafond du Dôme. Les torches installées autour du bung n'éclairaient qu'à quelques mètres ; elle descendit les marches de la véranda et s'enfonça dans la nuit, les bras tendus devant elle.

Deux mètres plus loin, elle sentit une autre petite

cascade frapper le dessus de sa main. Encore quelques mètres et ce furent deux, trois, cinq autres filets d'eau qui mouillèrent ses cheveux, son visage, son manteau.

Elle tendit l'oreille : impossible de ne pas reconnaître ce bruit de ruissellement. Elle courut au bung arracher une torche de son support et la brandit devant elle : partout, il pleuvait.

Ce qu'elle avait craint en découvrant les premières fissures se confirmait : le Dôme craquait sous le poids de la neige.

Il lui fallait de l'aide.

Ils avaient progressé en silence, trompant la surveillance des patrouilles. Il leur avait fallu deux heures pour prendre le Dôme à revers, parfois enfoncés jusqu'à la taille dans la neige, perdus dans cet enfer blanc et noir qui ne demandait qu'à les avaler.

Trois fois, le leader avait dû argumenter, promettre et menacer pour les empêcher de fuir. Enfin, leurs efforts étaient récompensés.

Les Nouveaux Territoires étaient traversés de part en part par une rivière. Une brèche avait été ménagée dans le Dôme, assez haute pour permettre le passage de l'eau en période de crue.

Mais cette nuit-là, le cours d'eau était à son plus bas niveau. Draco avait négligé de faire surveiller cet accès au Dôme : qui serait assez fou pour plonger dans l'eau glacée ?

Le leader s'agenouilla au bord de la rivière et avança la main. Il avait vu juste. Ses doigts caressèrent la glace. Elle paraissait bien assez solide pour supporter le poids de ses soldats.

« En avant ! » chuchota-t-il.

Dans la Tour, Kito fulminait. Impossible de quitter le Dôme tant que l'entrée serait assiégée. Ils avaient réussi à contenir l'attaque des Bikers, mais de là à les repousser... Dans quelques heures, il serait trop tard ! Le leader proposerait de négocier, promettrait l'impunité aux habitants des Nouveaux Territoires s'ils leur livraient Kito. Et ceux-ci, qui renâclaient déjà devant son autorité, s'empresseraient d'accepter. Ils n'hésiteraient pas une minute.

Bien entendu, ce traître, François, qui avait osé le défier au Forum, saisirait l'occasion, il haranguerait la foule, prêt à s'emparer du pouvoir une fois Kito aux mains des Bikers.

« Il aura fort à faire avec le leader, ricana Kito. Si j'étais lui, je me méfierais ! »

Il fallait qu'il agisse cette nuit. Et il aurait besoin d'aide...

« Élias ? »

Le garçon fit son entrée depuis la pièce voisine.

« Élias... Comment vois-tu la situation ?

– On tient, pour l'instant...

– Pas d'idée d'une sortie discrète ?

– Il y aurait bien le tunnel, mais on ne sait pas trop si les motards sont toujours dans les parages. De toute manière, maintenant, on est tous derrière toi pour résister aux Bikers... S'il y a eu des contestations, c'est oublié ! Quand nous aurons gagné, plus personne ne s'opposera plus à toi !

– Bien sûr… tu as raison ! »

Ils restèrent silencieux un instant.

« Je voulais te demander… reprit Élias.

– Quoi ?

– Dans le Sout'… »

Encore ces vieilles histoires, pensa Kito ! Il fallait vivre, maintenant, regarder vers l'avant !

« Oui ?

– Betty et Guillaume, mes amis… Jamais ils ne m'ont parlé de toi. Ni d'aucun autre survivant… Je me demande… »

Kito regarda le garçon. Le moment de vérité était arrivé.

François et Luna avaient terminé leur tournée. La jeune fille s'installa sur un rondin de bois et fit signe à son ami de la rejoindre.

« Comme c'est silencieux, tout d'un coup… commença-t-elle. Est-ce que les guerres ne sont pas censées être bruyantes ? »

Chaque mot sortait de sa bouche enveloppé d'un panache de vapeur.

« C'est l'œil du cyclone, tu sais. Il y a toujours un moment de calme, mais c'est simplement qu'on est au centre de la tornade.

– On va gagner, tu crois ? reprit Luna.

– Qui ça, “on” ? Toi ? Moi ? Kito ?

– Sûrement Kito, en tout cas ! fit-elle avec un sourire.

– Qu'est-ce qui t'en rend si certaine ?

– Il n'attend que la première occasion pour fuir ! Au matin, il nous aura quittés en profitant de la confusion.

– Quittés ? Pourquoi ? »

La jeune fille plongea la main dans une poche de son manteau. Elle lui tendit la photo.

« Parce que, quoi qu'il fasse, son secret sera découvert... »

Il examina le cliché, trouva la date inscrite au dos au feutre noir. Le calcul était facile

« Le salaud ! On va à la Tour ! Viens ! »

Luna secoua lentement la tête. Ce qui allait suivre ne la concernait plus.

« Viens ! »

Jérôme mena Pierre jusqu'à un appentis qu'il n'avait jamais remarqué. À force de se voir ordonner de réparer les installations du Centre, le vieil homme en connaissait les moindres recoins.

Il ouvrit la porte et s'effaça : la première chose que Pierre découvrit fut une sorte de grand panier.

« Sors-le ! Ça aussi », ajouta Jérôme en désignant une grande malle métallique.

Ils étalèrent tout sur le sol.

« J'imagine qu'ils l'utilisaient pour nettoyer la paroi intérieure du Dôme. C'est beaucoup trop haut pour des échafaudages ! »

Il rentra dans la cabane.

« Viens m'aider. »

Ils sortirent encore un brûleur et une bonbonne de gaz dont Jérôme ouvrit un instant la valve : le sifflement confirma qu'elle était pleine.

« Et qu'est-ce que je fais avec ça ? demanda Pierre.

– Tu surveilles à perte de vue... Ils vont entrer, d'une manière ou d'une autre. Je te donne une chance de les surprendre et de gagner quelques minutes. »

Il sortit une boîte d'allumettes de sa poche.

« Allez, chauffe ! »

François fit irruption dans la pièce. Élias se précipita pour protéger Kito.

« Qu'est-ce que tu veux ? aboya-t-il.

– Il te ment ! cria François. Il nous ment à tous ! »

Il brandit la photo de Luna.

« Regarde ! »

Élias fit un pas en avant. Il reconnut un gâteau d'anniversaire. Une grosse bougie en forme de « 16 ». Et Kito qui s'apprêtait à souffler. Si facile à reconnaître, avec ses cheveux tellement blonds.

« Et alors ? cracha Élias.

– Retourne ! »

Il lut la date à haute voix.

« Mais... Ça fait six ans ! »

Il se retourna vers Kito.

« J'ai toujours eu l'air plus jeune que mon âge. »

Il avait un étrange sourire aux lèvres.

« Personne ne me prenait au sérieux, avant...

– Comment pouvais-tu ordonner qu'on chasse les Vingt des Territoires ? cria François.

– Il fallait neutraliser une concurrence qui pouvait devenir gênante, voilà tout. Sans eux, qui pouvait me résister ? Il ne restait qu'une bande de gosses et une poignée de vieux parqués dans un enclos ! »

Élias s'avança vers Kito. François remarqua la pâleur de ses traits.

« Alors... le Souterrain... l'Orphelinat... C'est du bidon ? Tu disais que tu m'avais vu !

– Bien sûr que je t'avais vu, pauvre naïf... J'étais l'un des gardiens ! C'est même moi qui pilotais les caméras de surveillance ! »

Élias se plia en deux, comme cueilli par un crochet au foie. Il tituba jusqu'à un coin de la pièce, vomissant de la bile. François s'élança pour lui porter secours.

Kito se précipita dans les escaliers. Il ne se laisserait pas prendre.

14

LA GLACE AVAIT TENU. Le leader et ses hommes progressaient rapidement dans la forêt. Là-bas, loin devant eux, la lumière des torches leur indiquait la direction à suivre.

Après une demi-heure de marche, ils sortirent du couvert des arbres, atteignirent les premiers bâtiments et continuèrent en silence. Depuis plusieurs minutes déjà, ils avaient remarqué les cataractes d'eau qui par endroits tombaient du toit du Dôme. Pour le leader, le message était clair : le temps leur était compté.

Ils débouchèrent derrière le réfectoire. Leurs adversaires étaient là, à quelques mètres, de l'autre côté de l'angle du mur. Une jeune fille rejoignit en courant un groupe d'adolescents. Les Bikers entendirent parfaitement ses paroles :

« Le Dôme craque. La neige est trop lourde ! Tout va lâcher ! »

Certains motards s'agitèrent, inquiets. À voix basse, le leader les rappela à l'ordre. Il réfléchissait intensément. De toute évidence, les Nouveaux Territoires allaient être engloutis sous un déluge de verre.

Depuis de longs mois, il traquait Kito mais, surtout, il avait promis à ses troupes du carb', de la nourriture en abondance et un endroit pour vivre. Tous ces espoirs allaient être déçus, et il hésitait sur la conduite à tenir.

Un cri descendit du ciel.

Le leader leva les yeux. Le spectacle était incroyable. Au-dessus de lui, touchant presque le toit du Dôme, flottait une montgolfière, parfaitement éclairée par le brûleur accroché sous le ballon.

Dans la nacelle, un garçon désignait un point dans l'obscurité.

« Kito ! Là-bas ! Il s'enfuit vers les marais ! »

Ainsi, même Kito leur échappait. Le leader ordonna la retraite.

« Je redescends ! hurla Pierre. Je coupe la flamme. Tirez la corde !

– Non, reste ! cria François, vingt mètres plus bas. On s'en fout de Kito. Qu'il s'enfuie... Bon débarras ! Mais tu dois surveiller les Bikers !

– OK, mais je ne sais pas combien de temps ça va tenir, répondit Pierre en désignant la paroi au-dessus de sa tête. Ça craque sans arrêt ! »

Lisa tira François par le bras.

« Les Ads ! Il faut les faire sortir !

– Bon sang ! Tu as raison ! Vite, suivez-moi », ordonna-t-il à Max et Draco.

La fuite de Kito avait fini de déboussoler les deux garçons et leur faiblesse de caractère les contraignait à chercher un nouveau maître. Ils obéirent sans rechigner. Tous trois foncèrent vers la Réserve.

Lisa ne bougea pas. Elle restait le seul point de contact de Pierre avec le sol. Elle leva les yeux et observa la montgolfière. Sans atteindre la taille des engins conçus pour les longs déplacements, le ballon était imposant. Les dirigeants du centre de vacances l'avaient voulu bleu clair et parsemé de nuages, pour qu'il se confonde avec la couleur du ciel, de l'autre côté de la voûte du Dôme.

Un mouvement devant elle attira son attention. Élias, le pas hésitant, sortait de la Tour. Il avait voulu rester seul quand il avait appris la vérité, repoussant l'aide que lui proposait François. Maintenant, il revenait vers ses anciens amis.

« Lisa... Il m'a trahi !

– Je sais, Élias, je sais...

– Il n'était pas du Sout'. Seulement un gardien. Et moi, je croyais avoir trouvé quelqu'un comme moi. C'était la première fois, depuis qu'on a perdu Betty et Guillaume... »

La jeune fille sentit l'émotion lui serrer la gorge. Elle voulait l'aider, lui dire qu'il pouvait compter sur elle, mais rien ne pouvait endiguer les remords du garçon :

« Et moi aussi, je vous ai trahis ! Vous m'avez soigné, vous m'avez traîné jusqu'ici. La vie, c'est aux habitants du Dôme que je la dois, au médecin enfermé dans l'hospice, à vous tous... Mais pas à la nature ! Quel crétin j'ai été !

– Ça suffit, à présent », pensa Lisa.

Ils étaient tous en danger, alors il fallait qu'il arrête de s'apitoyer sur lui-même.

À la Réserve, François avait ouvert les portes de l'enclos. Les Ads étaient libres et, l'air incrédule, gagnaient progressivement le centre du village. Ils y retrouvaient ceux qui défendaient l'entrée principale, revenus annoncer la nouvelle :

« Ils partent ! Ils s'éloignent dans l'allée ! »

À cet instant, un morceau de verre se détacha du toit du Dôme et s'abattit dans la poussière avec un bruit mat.

« Il faut évacuer, hurla François. Vite ! »

Tous coururent vers l'entrée. Les caisses furent promptement déplacées et, pour la première fois depuis des mois, les habitants des Nouveaux Territoires se ruèrent à l'extérieur. Lisa et François pressaient les enfants et les derniers Ads d'évacuer. Élias, lui, semblait étranger aux événements qui l'entouraient, comme s'il regardait un spectacle qui ne le concernait pas.

Lisa examina les lieux : ils étaient les derniers. Il était temps de partir.

À cet instant, un bloc de plusieurs mètres de diamètre se détacha du toit, entraînant dans sa chute des tonnes de verre. Quand la poussière se dissipa, Lisa et François comprirent que tout le côté du Dôme situé près de l'entrée s'était effondré. Ils ne pourraient pas sortir par là.

La neige commença à tomber abondamment sur eux : au-dessus de leurs têtes aussi, l'écroulement était proche.

« Ramenez-moi à terre ! » cria Pierre.

Il ne fallut que quelques secondes pour que la nacelle soit à la portée de leurs mains. François passa un cordage dans un anneau pour la maintenir au sol.

« Il y a un passage dans le toit ! Montez ! On va tous passer par là ! »

D'un bond, Lisa et François le rejoignirent.

« Élias ! hurla Pierre. Viens, maintenant ! »

Les cris semblèrent tirer Élias de sa torpeur. Il courut vers la nacelle et, d'un bond, fut avec eux.

« Je largue les amarres ! s'exclama François.

– Attends ! » cria soudain Pierre en posant la main sur celle de François.

Il enjamba le rebord de la nacelle et sauta à terre.

« Mais qu'est-ce que tu fous ?

– Je reviens ! »

Pierre se volatilisa dans l'obscurité.

Un mélange de neige et de débris de verre s'abattit au sol autour de la montgolfière. La catastrophe finale approchait.

Lisa hésitait, ne sachant si elle devait attendre Pierre ou foncer le retrouver. Mais le garçon réapparut enfin. Il portait Maggy dans ses bras. La vieille dame semblait inconsciente, et ses beaux cheveux gris pendaient dans le vide.

« Dans la panique, on a failli l'oublier ! Aidez-moi ! »

Ils hissèrent Maggy dans la nacelle. La doyenne de ce monde, avait dit Jérôme. Comment auraient-ils pu la laisser ?

Pierre sauta à son tour dans le panier. Au-dessus de

la montgolfière, le passage s'était encore élargi. Elle atteindrait sans peine l'extérieur du Dôme.

François dénoua la corde qui retenait le ballon ; celui-ci sembla hésiter.

« Il faut plus de chaleur ! »

Lisa ouvrit les brûleurs à fond, mais la montgolfière refusait de s'élever de plus d'une cinquantaine de centimètres.

Un craquement terrible déchira la nuit, traversant de part en part les Nouveaux Territoires. Cette fois-ci, la faille qui s'était ouverte dans le Dôme était irrémédiable. Un déluge mortel de verre allait les enfouir.

Ils le virent à peine sauter à terre. Libéré de l'excédent de poids, la montgolfière, enfin, prit son envol.

« Pierre ! Non ! »

Le cri de Lisa ne pouvait plus rien y changer.

À terre, le garçon leur fit un petit signe de la main, comme un adieu. Lisa eut l'impression qu'il souriait.

La montgolfière déboucha à l'air libre. Lisa découvrit la lune, pleine et blanche, qui irradiait la forêt couverte de neige. Ils flottaient dans l'air pur et glacé, libérés de la pesanteur, de la peur et du ressentiment.

C'est alors que le Dôme s'effondra sur lui-même.

15

Ils s'étaient posés une centaine de mètres plus loin, rejoignant ceux qui avaient fui par l'entrée principale. Puis, blottis autour des feux qu'ils avaient réussi à allumer, les rescapés des Territoires avaient lutté toute la nuit contre le froid.

L'aube les trouva épuisés et transis, soulagés aussi d'avoir échappé à l'emprise du Dôme. Ils contemplaient la montagne de gravats à la lumière du soleil levant.

« Personne ne pourrait en sortir vivant », murmura Lisa.

François s'approcha, soufflant dans ses mains pour les réchauffer.

« Un courage comme ça... peut-être que nous méritons de survivre, après tout... »

Ils observèrent leurs compagnons, naufragés de la nuit comme eux. Les doigts gourds. Le ventre creux. Les vêtements en lambeaux. Vivants.

Elle rassembla toute la force qui restait en elle et s'adressa à tous.

« Nous connaissons un endroit... En partant maintenant, on peut y être cet après-midi. »

Draco s'était laissé tomber au pied d'un arbre. Il se releva.

« Et eux ? »

Il désignait le groupe massé autour de l'un des feux.

« Les Ads ? Qu'est-ce qu'on en fait ? »

François se précipita et l'agrippa par le col de la chemise souillée de boue.

« Alors, t'as toujours rien compris, hein ? Il n'y a plus d'Ads ! Ces sont des adultes, Draco, pas des bêtes mystérieuses, ni nos esclaves. Ils pourraient être nos parents, cria-t-il encore à l'attention de tous. Est-ce que vous étiez devenus fous ? »

Il repoussa Draco, effrayé par sa propre colère. Les enfants hésitèrent un instant. Puis, un par un, ils quittèrent leur place et vinrent rejoindre le groupe des adultes.

« Alors, qui vient au Château du Val ? »

La marche fut longue et pénible. Les plus forts aidaient les plus faibles et il avait fallu confectionner un brancard pour Maggy que ses jambes ne portaient plus. Heureusement, personne n'avait été gravement blessé dans l'effondrement du Dôme.

Quand ils traversèrent Saint-Martin, la colonne des réfugiés s'étirait sur près d'un kilomètre. François semblait plein d'une énergie inépuisable. Il ne cessait de se laisser glisser à l'arrière de la file pour encourager les retardataires à ne pas perdre le contact avec les autres.

Il espérait retrouver Luna, qui n'avait pas reparu depuis l'effondrement du Dôme, mais la jeune fille restait introuvable.

Élias marchait parmi les derniers, plongé dans ses pensées. Depuis la fuite de Kito et le sacrifice de Pierre, ni Lisa ni François ne semblaient plus pouvoir atteindre le garçon. Il ne leur répondait que par de brèves onomatopées et décourageait toute nouvelle question.

Enfin, ils atteignirent l'allée du château, juste avant que le soleil se couche. Lisa n'était pas certaine que tous auraient pu supporter une nouvelle nuit à l'air libre.

Comme elle le craignait, les Bikers étaient là. Le leader sortit de la maison et s'avança vers eux.

« Alors... »

Toute arrogance avait disparu de son visage. Ils n'étaient qu'à quelques centaines de mètres quand ils avaient entendu le Dôme s'effondrer. Eux aussi avaient échappé de peu à la mort. Sans leurs motos, le retour avait tourné au calvaire.

« Alors... on s'installe ici », fit Lisa.

Le leader la dévisagea.

« Ici ?

– Il y a de la place pour tous. Vous et nous.

– On continue cette guerre stupide ? insista François. Quelques centaines de survivants répartis sur des terres immenses et la première chose que nous faisons, c'est de nous disputer les kilomètres carrés ! Pour un début, on n'a pas fait mieux qu'eux ! poursuivit-il en désignant de la main le groupe d'adultes.

Jérôme s'approcha. Le conciliabule le concernait aussi. Le leader réfléchit un instant.

« On m'appelait Marc, il y a longtemps. Mes parents. Ma copine. Mes amis. Je crois que j'en ai assez, du “leader” ! »

Un sourire illumina son visage :

« Allez ! Installez-vous ! »

Les survivants avancèrent dans la cour du haras ; les motards se précipitèrent pour les aider. Pour cette nuit, ils s'entasseraient dans les bâtiments. Demain, ils songeraient à aménager les lieux.

François et Lisa observaient leurs compagnons d'exode. Le chemin avait été long depuis qu'ils avaient quitté le haras.

Marc les rejoignit.

« J'ai quelque chose à vous montrer. »

Ils le suivirent jusqu'aux écuries. Là, enfermé dans un box, Kito dormait sur la paille.

« On l'a ramassé dans les marais, en quittant le Dôme. À deux doigts de se noyer. Je ne sais pas pourquoi on ne l'a pas laissé !

– Inutile de dire à Élias que Kito est là, murmura Lisa.

– Qu'est-ce qu'on en fait ? demanda Marc.

– Regardez-le ! Un type un peu plus paumé que nous, c'est tout ! Seul, il ne peut rien, répondit François. Et on ne va pas recommencer à construire des prisons... »

Marc déverrouilla la porte, entra dans le box et secoua l'homme endormi. Kito se réveilla.

« Tu peux partir. Tu es libre. »

Incrédule, il se frotta les yeux, se releva et franchit la porte. Il jeta un bref coup d'œil au campement de fortune installé dans la cour du haras.

« Vous le regretterez... Les faibles n'ont plus leur place ici...

– Disparais ! » se contenta de répondre François.

Kito longea les écuries, se mit à courir vers les bois. Les trois adolescents ne le lâchèrent pas des yeux avant qu'il se soit évanoui dans la forêt.

Lisa repéra Élias, immobile. Il n'avait pas quitté l'allée qui menait au haras. Elle marcha jusqu'à lui, prit sa main.

« Et toi, Élias ? » murmura-t-elle.

Il tourna son visage vers elle. Elle eut l'impression qu'enfin il la regardait vraiment.

« Tu ne restes pas ? C'est ça ? »

Il hocha la tête.

« J'ai fait le mauvais choix, Lisa. Et Pierre est mort.

– Tu n'y es pour rien, Élias. »

Elle aurait voulu en être certaine. Mais, au fond d'elle-même, elle savait qu'Élias, parce qu'il s'était rallié à Kito, n'était pas complètement étranger à la mort de Pierre.

« Reste avec nous ! » pensa-t-elle, mais les mots ne parvinrent pas à franchir ses lèvres.

Élias sourit presque imperceptiblement et caressa la joue de Lisa d'un geste furtif. Puis, sans un mot, il s'enfonça dans l'allée et disparut.

La jeune fille resta un long moment immobile, malgré le froid qui la pénétrait jusqu'aux os. Enfin, elle revint vers la cour.

« Allez, courage ! cria-t-elle. Il y a du travail qui nous attend ! »

Si vous souhaitez faire part
de votre avis sur ce livre à Gilles Fontaine,
vous pouvez lui adresser un mail
à l'adresse suivante :

gilles.fontaine@voila.fr

20, rue Berbier-du-Mets - 75013 Paris
www.magnard.fr

Loi n° 49-956 du 16-07-1949 sur les publications destinées à la jeunesse.

Illustration de couverture : Jaouen Salaün
Photogravure : Atelier Fossard
N° d'éditeur : 2004/231 - Dépôt légal : juin 2004
Achevé d'imprimer en mai 2004
par la Société Nouvelle Firmin-Didot
Mesnil-sur-l'Estrée (France)
N° d'imprimeur : 68237